HEYNE BÜCHER

D1931539

In der Perry-Rhodan-Reihe
sind als Heyne-Taschenbücher erschienen:

Planet der Mock · Band 16/1
Der große Denker von Gol
Band 16/2
Schatzkammer der Sterne
Band 16/3
Sturz in die Ewigkeit · Band 16/4
Die verhängnisvolle Expedition
Band 16/5
Die Tochter des Roboters
Band 16/6
Die Zeitspringer · Band 16/7
Am Rand des blauen Nebels
Band 16/8
Invasion der Puppen · Band 16/9
Die goldenen Menschen
Band 16/10
Im Zentrum der Galaxis
Band 16/11
Die Para-Sklaven · Band 16/12
Sternkolonie Troja · Band 16/13
Die Nacht des violetten Mondes
Band 16/14
Ich, Rhodans Mörder
Band 16/15
Phantom-Station · Band 16/16
Der Flug der Millionäre
Band 16/17
Raumkapitän Nelson · Band 16/18
Die Zone des Schreckens
Band 16/19
Das Gesetz der gläsernen Vögel
Band 16/20
Das tödliche Paradies
Band 16/21
Der Geisteragent aus dem All
Band 16/22
Der Einsame von Terra
Band 16/23
Baumeister des Kosmos
Band 16/24
Terra in Trance · Band 16/368
Das Aralon-Komplott
Band 16/369
Welt der Prospektoren
Band 16/370
Luminia ruft · Band 16/371
Das Gremium der Vier
Band 16/372
Deserteur der USO · Band 16/373
Die Wurzeln des Todes
Band 16/374
Halo 1146 · Band 16/375
Die Toleranz-Revolution
Band 16/376
Tränen vom Himmel
Band 16/377
Die Elixiere von Chubbid
Band 16/378
Sturm der neuen Zeit
Band 16/379
Als die Kröten kamen
Band 16/380
Verlorenes Leben · Band 16/381
Das sterbende Imperium
Band 16/382
ELOHIM II · Band 16/383
Das Bermuda-Loch · Band 16/384
Eisige Zukunft · Band 16/385
Welt über den Wolken
Band 16/386
Hölle Hoch Vier · Band 16/387
Galaktische Rache · Band 16/388
Schach den Cantaro · Band 16/389
Das hohle Paradies · Band 16/390
Im Nichts gestrandet
Band 16/391
Psychospiel · Band 16/392

Perry Rhodan

INS WELTALL ENTFÜHRT

Sie sind kosmische Kidnapper – und schicken ihre Hypnoseschiffe aus

Ein Science-Fiction-Abenteuer von

WILLIAM VOLTZ

WILHELM HEYNE VERLAG
MÜNCHEN

PERRY RHODAN
NR. 16/25

Redaktion: Klaus N. Frick
Copyright © 1966 by Verlagsunion Pabel-Moewig KG, Rastatt
Wilhelm Heyne Verlag GmbH & Co. KG, München
Printed in France 1995
Umschlagillustration: Alfred Kelsner, Bünde
Umschlaggestaltung: Atelier Ingrid Schütz, München
Satz: Franzis-Druck GmbH, München
Druck und Bindung: Brodard & Taupin
ISBN: 3-453-09188-4

Der Junge war mager und viel zu klein für sein Alter. Er lag zusammengekauert im Bett. Eine Hand hielt er am Mund, so daß der Daumennagel die Lippen berührte.

KOMM! lockte die Ausstrahlung des Hypnoschiffchens. Der Junge zuckte im Schlaf zusammen. Sein Traum zerrann, ein Traum von Ritterburgen, Seeräubern, Drachen, Raumfahrern und Zwergen. Die Traumfiguren verwehten wie Nebel unter der strahlenden Morgensonne und machten den Impulsen des Schiffchens Platz.

KOMM! KOMM! KOMM! KOMM! KOMM!

Der magere Junge schlug die Augen auf.

Mondschein fiel durch das offene Fenster und verwandelte die lustigen Tapetenfiguren in Gespenster. Die Augen der Plastikpuppen auf dem Bücherregal glühten geheimnisvoll. Von draußen kam das Flirren der Blätter im Nachtwind, vermischte sich mit dem fernen Raunen der riesigen Stadt.

KOMM! KOMM! KOMM! KOMM! KOMM!

Der magere Junge schwang die Beine aus dem Bett.

Seine nackten Füße berührten den kalten Kunststoffbelag des Bodens. Er stand auf, eine kleine, nackte Gestalt, die einen langen Schatten warf, und huschte auf den warmen Teppich hinüber.

Das Hypnoschiffchen war unbemerkt durch das Netz der Ortungs- und Wachstationen geschlüpft, nicht allein, sondern innerhalb eines Schwarmes fünfundzwanzig winziger Schiffe.

Unbeweglich hing es vor dem Fenster. Sein Spürsinn hatte die Ausstrahlungen des schlafenden Jungen entdeckt. *Leben!* hatte es registriert. Leben, das für die Hypnostrahlung empfänglich war.

KOMM! flüsterte das Schiffchen. *KOMM! KOMM! KOMM!*

Der magere Junge schien einen seltsamen Tanz aufzuführen, als er hastig in seine Kleider schlüpfte. Er war fertig. Er trat an das offene Fenster. Er blickte hinaus. Er erschauerte vor der Kühle der Nacht.

Das Schiffchen schwebte drei Meter vor ihm, ein mattgraues, ovales Ding, das summte, flüsterte, lockte.

KOMM! sang das Schiffchen. *KOMM! KOMM! KOMM!*

Träge sank es etwas tiefer, drehte sich um seine Achse und näherte sich dem Fenster.

KOMM! Lockende Verheißung unbekannter Ferne.

KOMM! Schwere, unbegreifliche Süße. *KOMM!* Unwiderstehliche Verlockung.

Der Junge lehnte sich gegen die Fensterbank. Das Schiffchen zitterte und zog sich zurück.

KOMM! wisperte es drängend. *KOMM! KOMM! KOMM!*

Der Junge kletterte auf die Fensterbank. Zwei Meter, zwei schreckliche Meter unter ihm lag der Garten. Der Boden war weich, aber der Junge fürchtete sich. Angst griff nach ihm, überwand einen Augenblick die hypnotische Lockung.

Das Schiffchen surrte. Mikroskopisch kleine Bullaugen schienen an seinen Wandungen aufzuflammen.

Brutal stieß die Hypnosendung nach.

KOMM! Fordernd jetzt und rücksichtslos. *KOMM!* KOMM! KOMM!

Er sprang – der kleine Junge. Er schlug schwer auf und mußte sich mit den Händen abfangen. Der Geruch feuchter Erde stieg zu ihm hoch. Sein Körper streifte Pflanzen, die sich wie glitschige Gespensterhände anfühlten.

Der Junge rannte durch den Garten. Irgendwo schwebte das Schiffchen.

Das erste Kind war unterwegs.

1.

Solarmarschall Allan D. Mercant, Chef der Galaktischen Abwehr, an Perry Rhodan:

Es steht jetzt fest, daß die Kinder nicht von Verbrechern verschleppt wurden, Sir. Es ist sinnlos, länger auf eine Forderung nach Lösegeld zu warten. Ich schlage vor, daß wir sofort mit Ermittlungen beginnen, und erwarte Ihre Anweisungen.

Großadministrator Perry Rhodan an Allan D. Mercant:

Großangelegte Ermittlungen könnten die Sicherheit der Kinder gefährden. Deshalb werde ich veranlassen, daß sich zunächst nur eine kleine Gruppe von Männern um diese Angelegenheit kümmert. Da der Sohn von Captain Walt Heintman ebenfalls zu den verschwundenen Kindern gehört, werde ich Oberstleutnant Nome Tschato und seine Mannschaft mit der Aufklärung des Falles beauftragen.

Mercant an Rhodan:

Es besteht durchaus die Möglichkeit, daß außerirdische Intelligenzen in diesen Fall verwickelt sind. Halten Sie es unter diesen Umständen für richtig, Nome Tschato einzusetzen? Ich muß Sie daran erinnern, daß weder der Oberstleutnant noch seine Männer Erfahrung auf einem solchen Gebiet haben.

Rhodan an Mercant:

Die Tatsache, daß ein Offizier von Tschatos Besatzung in diese Sache verwickelt ist, wird die Männer der LION beflügeln. Wir wollen Tschato zwanzig Tage Zeit geben, bevor wir eingreifen. Sollten zuvor noch weitere Kinder verschwinden, wird die Abwehr sofort eingeschaltet.

Mercant an Rhodan:

Gut, Sir. Wir werden warten.

Teil eines Funkgesprächs zwischen
Perry Rhodan und Allan D. Mercant am 3. 7. 2341

Dan Picot, der Erste Offizier des Schlachtkreuzers LION, betrat den hinteren Flügel des Verwaltungsgebäudes. Hier, so wußte er, würde er alle gewünschten Auskünfte erhalten. Er bewegte sich mit weitausholenden Schritten über den Teppich. Über den einzelnen Schaltern hingen die Schilder mit den Namen der verschiedenen Raumfahrtgesellschaften. Es gab insgesamt sieben. Drei Gesellschaften beförderten ausschließlich Frachtgut, die vier übrigen unterhielten auch eine Abteilung für Passagierflüge.

Picot suchte sich einen freien Schalter aus. Wie Tschato ihm empfohlen hatte, trug er keine Uniform.

Der Angestellte der Fluggesellschaft begrüßte Picot freundlich. Der Erste Offizier der LION war ein krummbeiniger Mann von fünfundfünfzig Jahren. Sein tiefgebräuntes Gesicht war von unzähligen Falten durchzogen. Picot erinnerte an einen kleinen, hageren Jockey.

»Können Sie mir bitte die Fluglisten Ihrer Gesellschaft aushändigen?« bat Picot.

Der Mann lächelte. »Natürlich, Sir«, sagte er bereitwillig. »Für welchen Zeitraum bitte?«

Picot hob sich auf die Zehenspitzen, so daß er sich auf den Schalter stützen konnte.

»Ich benötige die Listen der beiden vergangenen Wochen«, erklärte er.

Der Angestellte starrte ihn verwirrt an.

Picot verzog wehleidig das Gesicht. »Ich arbeite für ein Statistisches Amt«, sagte er. »Es ist eine langweilige Arbeit.«

»Das kann ich mir vorstellen«, meinte der Mann hinter dem Schalter und schob Picot zwei bedruckte Papiere zu.

Picot bedankte sich. Er ging zu allen geöffneten Schaltern und beschaffte sich die Fluglisten sämtlicher Gesellschaften. Dann verließ er ohne besondere Eile das Verwaltungsgebäude.

In der Nähe des Raumhafens von Terrania ging Picot in ein kleines Restaurant und bestellte bei der Wahlautomatik einen Kaffee. Niemand nahm Notiz von ihm. Er zog eine von Tschato angefertigte Liste aus der Tasche. In den beiden vergangenen Wochen waren fünfundzwanzig Kinder im Alter zwischen sieben und neun Jahren aus Terrania verschwunden. Tschato behauptete, daß sie sich heimlich als blinde Passagiere an Bord von Fracht- und Passagierschiffen begeben hätten. An die Schiffe der Flotte konnte niemand herankommen.

Picot überflog Tschatos Liste. Die Namen aller Kinder waren darauf vermerkt. Ebenso das Datum der Tage, an denen sie ihr Elternhaus verlassen hatten.

Picots Aufgabe war es, festzustellen, welche Schiffe an jenen Tagen von der Erde aus in den Weltraum gestartet waren. Die Zielplaneten dieser Schiffe standen in den Fluglisten der Gesellschaften abgedruckt. Ebenso die Zwischenstationen. Tschato hoffte, daß der Name irgendeines Planeten sich an jedem Fluchttag wiederholen würde. Der Oberstleutnant war überzeugt davon, daß die Kinder ein gemeinsames Ziel hatten, wenn sie auch an verschiedenen Tagen verschwunden waren.

Picot begann damit, die Namen aller Planeten zu streichen, die nur selten in den Fluglisten auftauchten. Auf diese Weise fand er schnell heraus, daß nur *eine* Welt an allen Fluchttagen in den Fluglisten erschien.

Der Planet hieß Tigris. Picot wußte, daß es sich um eine winzige Welt mit dünner Sauerstoffatmosphäre handelte, die lediglich als Zwischenstation und Umschlagplatz benutzt wurde. Auf Tigris existierte eine Handelsstation, von der aus ein Teil der Kolonialplaneten innerhalb der Plejaden-Gruppe versorgt wurde.

Alle Schiffe, deren Namen Picot angekreuzt hatte, waren in den beiden letzten Wochen auf Tigris gelandet, bevor sie andere Welten angeflogen hatten. Wenn Tschatos Theorie stimmte, mußten die Kinder auf Tigris die Schiffe verlassen haben und ...

Picot zuckte mit den Schultern. Niemand konnte wissen, was sie dann unternommen hatten.

Picot packte seine Unterlagen zusammen. Er blickte auf die Uhr. Heintman und Tschato warteten bereits auf ihn. Gestern abend hatte Heintman bei Tschato angerufen und ihm gesagt, daß er etwas im Garten seines Hauses gefunden hatte, das unter Umständen mit dem Verschwinden seines Sohnes zusammenhängen könnte.

Picot zerbrach sich nicht den Kopf darüber, was Heintman entdeckt hatte. Er war froh, daß er die Routinearbeit erledigen konnte. Solange sie noch auf der Erde weilten, fühlte Dan Picot sich vollkommen sicher. Im allgemeinen verhielt sich Tschato auf der Erde normal. Nur im Weltraum entwickelte er jenes geradezu legendäre Talent, seine Nase in die gefährlichsten Dinge zu stecken.

Picot bezahlte seinen Kaffee und verließ das Restaurant. Er war entschlossen, die wenigen Tage zu genießen, die sie noch auf der Erde bleiben würden. Die Spur der Kinder führte allem Anschein nach in den Weltraum. Sobald Tschato dessen sicher sein konnte, würde er ihr nachgehen.

Picot betrat Heintmans Haus gegen 17 Uhr. Tschato und Heintman hatten sich auf der Veranda hinter dem Wohnzimmer niedergelassen. Captain Heintman saß zusammengekrümmt im Sessel, seine Hände hatte er ineinander verklammert. Picot sah deutliche Zeichen von Übermüdung in seinem Gesicht. Auf einem Tablett neben ihm stand ein unberührtes Glas mit Fruchtsaft.

Picots Blicke wanderten weiter und blieben an Tschato hängen. Der große Schwarze hatte seine Beine weit von sich gestreckt und ließ beide Arme über den Sessel hängen. Seine Augen waren halb geschlossen. Er wirkte massig, fast dick. Seine ganze Erscheinung erinnerte Picot an einen satten Löwen, der in der Sonne döste.

Tschato trank Bier. Neben seinem Sessel standen bereits einige leere Flaschen.

Picot sagte: »Sie hatten recht, Sir. Alle in Frage kommenden Schiffe sind auf einem Planeten zwischengelandet. Diese Welt heißt Tigris.«

In Heintmans Augen flackerte Hoffnung auf. Picot vermied es, den Captain direkt anzuschauen.

»Tigris ist ziemlich bekannt«, sagte Heintman. »Aber wer sollte Interesse daran haben, fünfundzwanzig Kinder dorthin zu bringen?«

Tschato griff in eine Tasche seiner Uniformjacke und zog einen Gegenstand hervor, der wie eine große Zigarre aussah. Er warf ihn Picot zu. Geschickt fing Picot das Ding auf. Es war aus Metall. Picot ließ es zwischen Daumen und Zeigefinger hin und her gleiten. Die Außenfläche schien poliert. An einer Stelle waren drei dunkelblaue Plättchen eingefügt. Die Farbe des übrigen Körpers war grau.

»Was ist das?« erkundigte sich Picot.

Tschato nippte an seinem Bier.

»Ich habe es im Garten gefunden«, sagte Heintman. »Es ist aus sehr widerstandsfähigem Metall. Ich konnte es weder erhitzen noch mit einem Hammer beschädigen.«

»Wir müssen es untersuchen lassen«, schlug Picot vor.

»Ach du meine Güte«, murmelte Tschato.

»Was heißt das?« fauchte Picot empört.

»Wenn wir es zur Untersuchung abgeben, wird die Abwehr eingeschaltet«, erwiderte Heintman an Tschatos Stelle. »Der Oberstleutnant glaubt, daß es kein Produkt einer terranischen Fabrik ist.« Picot fühlte, wie er immer unruhiger wurde.

»Ich verstehe.« Er wandte sich an Tschato. »Es gibt jemand in Terrania, der dieses Ding untersuchen könnte.«

Tschato schlug die Augen auf. »M'Nutter!« sagte er.

»Ja«, sagte Picot. »Ich halte ihn für ein Genie. Sein Ersatzteillager ist beispiellos. Es gibt keinen Apparat, den M'Nutter nicht reparieren könnte.«

»Wir wollen nichts reparieren lassen«, mischte sich Heintman ein. »Wir wollen herausfinden, welche Aufgabe dieses Ding hatte.«

»Wir könnten aufs Geratewohl in den Weltraum fliegen und auf Tigris landen«, sagte Tschato. »Wahrscheinlich würden wir dort erfolglos durch die Wüsten streifen, ohne auch nur eine Spur zu entdecken. Wenn wir jedoch etwas über diesen Metallkörper erfahren, haben wir einen Anhaltspunkt.«

Picot konnte leicht erkennen, daß Heintman ungeduldig war. Der Captain hatte seine Frau zu Verwandten gebracht, damit sie sich von dem Schock erholen konnte, den das Verschwinden ihres Sohnes in ihr ausgelöst hatte.

»Es wird nicht genügen, daß wir diesem M'Nutter das Ding unter die Nase halten, Sir. Er wird Zeit brauchen, um es zu untersuchen.«

»Nicht nur Zeit«, sagte Tschato. »Er wird Geld wollen. Ich halte ihn für den unverschämtesten Wucherer in ganz Terrana.«

Saari M'Nutter war kein Terraner, obwohl er nichts unversucht ließ, als ein solcher angesehen zu werden. Vor siebenundsechzig Jahren war er als der Sohn eines Ara-Mediziners und einer Terranerin zur Welt gekommen. M'Nutter hatte den ovalen Kahlkopf eines Aras, aber er trug eine Perücke, um dieses deutliche Kennzeichen zu verbergen.

Am Morgen des 5. Juli 2341 betraten Nome Tschato und Dan Picot die Werkstatt M'Nutters. Heintman war auf Tschatos Befehl hin zu Hause geblieben. M'Nutter mochte keine Männer, die ihn bei seiner Arbeit drängten, doch das hätte Heintman in seiner Not zweifellos übersehen.

Intensiver Ölgeruch schlug Picot entgegen, als er hinter Tschato die Tür schloß. An den Wänden der langgestreckten Halle waren Regale aufgestellt, die mit Kleinteilen gefüllt waren. Vom hinteren Teil der Werkstatt ertönte das Summen eines Motors.

Sie entdeckten M'Nutter auf einer Art Podium von der Größe eines Boxrings. Dort war ein Drehkolbengebläse auf eine Grundplatte montiert. Das Gebläse war an eine fremdartig aussehende Maschine angeschlossen. Die obere Schale des Gehäuses lag offen, so daß Picot die sich drehenden Flügel sehen konnte.

M'Nutter hantierte an der seltsamen Maschine. Er trug einen ölverschmierten Kittel, der ihm fast bis zu den Füßen reichte.

Picot folgte Tschato auf den Prüfstand hinauf. M'Nutter bemerkte sie erst, als sie unmittelbar neben ihm standen. Er blickte sie unwillig an und schaltete das Gebläse aus.

»Tschato!« knurrte er ärgerlich. »Was wollen Sie?«

»Ich bin erleichtert, daß Sie mich noch erkennen«, sagte Tschato unberührt.

»Natürlich«, seufzte M'Nutter. »Schließlich haben Sie noch eine Rechnung offenstehen.« Er musterte Picot. »Wer ist das?«

»Mein Erster Offizier«, stellte Tschato vor. »Dan Picot.«

»Sie kommen zu zweit«, stellte M'Nutter fest. »Also haben Sie eine wichtige Arbeit.«

»Eine interessante Sache«, entgegnete Tschato. »Interessant für Sie.«

M'Nutter wischte seine Hände am Kittel ab und zog ein unglaublich schmutziges Taschenbuch aus der Tasche. Eine volle Minute beschäftigte er sich ausschließlich mit seiner Nase.

»Also«, sagte er schließlich. »Heraus damit.«

Tschato gab ihm den kleinen Metallkörper.

»Wir möchten wissen, was das ist, woher es kommt und welche Aufgabe es zu erfüllen hat«, sagte er.

»Kommen Sie in zwei Tagen wieder«, sagte M'Nutter.

Tschato lachte. »Wir warten.«

M'Nutter dachte einen Augenblick nach, dann winkte er den beiden Männern zu.

»Gehen Sie inzwischen in mein Büro«, sagte er. »Ich werde mir das Ding ansehen.«

»Können wir nicht bei ihm bleiben, wenn er es untersucht?« wollte Picot wissen.

»Er will ungestört arbeiten«, sagte Tschato. »Kommen Sie, Dan. Wir werden warten.«

Als M'Nutter in sein Büro kam, waren sieben Stunden verstrichen. Er runzelte erstaunt die Stirn, als er sah, daß Tschato und Picot noch anwesend waren.

Picot erkannte, daß M'Nutter aufgeregt war.

»Was haben Sie herausgefunden?« erkundigte sich Tschato ohne Umschweife.

M'Nutter legte den Metallkörper auf den staubigen Tisch und betrachtete ihn mit einer Mischung aus Bewunderung und Mißtrauen.

»Es ist ein Flugkörper«, eröffnete er. »Zweifellos kommt das Ding aus dem Weltraum. Es wurde von keinem uns bekannten Volk hergestellt.«

Picot und Tschato tauschten einen schnellen Blick. Unwillkürlich rückte Picot etwas von dem Gegenstand ab.

Mit zitternden Händen fischte M'Nutter einige beschriebene Zettel aus der Tasche seines Kittels. Er breitete sie auf dem Tisch aus.

»Es handelt sich um ein Miniaturraumschiff«, sagte er. »Es stürzte ab, weil seine Energieanlage verbraucht war.«

»Gibt es irgendwelche Hinweise, die uns die Aufgabe dieses Flugkörpers verstehen lassen könnten?« fragte Tschato.

M'Nutter nickte langsam. »Das winzige Raumschiff sendet schwache hypnotische Impulse aus. Wir spüren sie kaum, aber mit Hilfe meiner Geräte konnte ich sie registrieren.«

»Besteht die Möglichkeit, daß irgendwelche Lebewesen auf diese Impulse reagieren?« erkundigte sich Tschato.

»Ja«, bestätigte M'Nutter.

»Kinder?« fragte Picot.

M'Nutter befeuchtete seine Lippen mit der Zungenspitze. Er ergriff das kleine Schiff und umschloß es mit beiden Händen.

»Es hat etwas mit den fünfundzwanzig verschwundenen Kindern zu tun, nicht wahr?« wollte er wissen.

»Das wissen wir nicht«, entgegnete Tschato barsch. »Wir wollen von Ihnen wissen, ob die Impulse Kinder einer bestimmten Altersgruppe beeinflussen können?«

»Sicher«, bestätigte Saari M'Nutter. »Kinder bis zu einem Alter von ungefähr zehn Jahren könnten durch die Sendungen des Schiffchens durchaus zu irgendwelchen Handlungen gezwungen werden. Der Hypnosender scheint vom Antrieb unabhängig zu sein. Er arbeitet weiter, obwohl das Ding nicht mehr fliegen kann.«

Tschato nahm M'Nutter den Flugkörper aus den Händen. »Glauben Sie, daß so ein Ding einen erwachsenen Mann beeinflussen könnte?« fragte er.

»Nur, wenn die hypnotischen Impulse stärker werden.«

»Wären Sie in der Lage, den Sender zu einer stärkeren Ausstrahlung zu veranlassen?«

»Was haben Sie vor?« fragte M'Nutter.

Tschatos Gesicht blieb teilnahmslos. Picot ahnte, daß hinter der dunklen Stirn ein abenteuerlicher Plan geboren wurde.

»Beantworten Sie meine Frage«, drängte Tschato.

»Ich könnte den Sender aktivieren«, sagte M'Nutter widerwillig. »Es wäre durchaus möglich, die hypnotische Kraft zu verdoppeln.« Er zuckte mit den Achseln. »Ich müßte einen Verstärker bauen, der die Impulse empfängt und weiterleitet.«

»Bauen Sie ihn«, forderte Tschato. »Wir brauchen ihn übermorgen.«

Picot hielt den Zeitpunkt gekommen, sich nach Tschatos Plänen zu erkundigen.

»Was wollen Sie erreichen, Sir?« fragte er.

Tschato lächelte geheimnisvoll. »Ohne Zweifel können wir mit M'Nutters Verstärker einen erwachsenen Mann hypnotisieren. Theoretisch wird dieser Mann den gleichen Weg einschlagen wie die Kinder vor ihm.«

Picot sagte: »Wir brauchen diesem Mann nur zu folgen, um herauszufinden, ob Tigris die richtige Welt ist. Aber wer wird dieser Mann sein?«

»*Sie*, Dan«, sagte Tschato.

2

Seth träumte viele Träume. Einer wiederholte sich oft. Es war ein berauschender Traum, aus dem sie jedesmal nur schwer erwachte. Sie träumte von endlosen Wäldern, von kleinen, flinken Tieren, die man jagen konnte.

Wenn sie erwachte, wenn sie in die Wirklichkeit zurückfand, kam ihr ihre Umgebung schrecklich und grausam vor. Ihre Krallen, die sie in den Träumen als tödliche Waffe gebrauchte, waren in Wirklichkeit von wucherndem Fleisch bedeckt. Sie konnte sich noch nicht einmal bewegen, das lautlose Anschleichen an ein Opfer gab es ebenfalls nur im Traum. Gelähmt lag sie innerhalb des Behälters. Gelähmt und hilflos.

Traysch und Kut-Ter bezogen sie selten in die telepathischen Unterhaltungen ein. Ab und zu gab ihr Traysch einige Erklärungen. Kut-Ter jedoch setzte sich nur mit ihr in Verbindung, um sie zu demütigen. Ihre größte Furcht war, daß Kut-Ter irgendwann in der Lage sein könnte, ihre Träume zu belauschen.

Kut-Ter drohte ihr immer wieder, daß er den Robotern befehlen würde, sie gegen ein intelligenteres Wesen auszutauschen. Obwohl Seth wußte, daß es auf dieser Welt keine intelligenten Eingeborenen gab, lebte sie in ständiger Angst, daß der Onete seine Drohung einmal verwirklichen könnte.

Seth bestritt nicht, daß ihr Gedächtnis bei der Zerstörung des Schiffes gelitten hatte. Sie konnte sich nicht erinnern, in welcher Sektion des Forschungsschiffes sie gearbeitet hatte. Sie wußte weder etwas über ihre Herkunft, noch über die Arbeiten, die sie an Bord ausgeführt hatte. Nur in ihren Träumen gelang es ihr, einen Blick in die Vergangenheit zu werfen. Die Ereignisse in den Träumen waren jedoch so absurd, daß sie sich hütete, Traysch oder gar Kut-Ter davon zu berichten.

Seths Erinnerung reichte bis zu jenem gewaltigen Blitz zurück, mit dem das Schiff auf der Oberfläche dieser Welt zerschellt war. Traysch und Kut-Ter hatten sie aus den Trümmern gezogen. Sekunden später war das Wrack völlig ausgebrannt.

Traysch, Kut-Ter und Seth waren die einzigen Überlebenden einer dreitausend Mitglieder starken Besatzung. Unmittelbar vor dem Aufprall des Schiffes waren Hunderte von Robotern mit allem erreichbaren Material aus den Schleusen abgesprungen und sicher auf der Oberfläche gelandet. Diese Roboter bedeuteten Sicherheit und die Möglichkeit zum Überleben.

Die ersten Tage hatte Seth in völliger Teilnahmslosigkeit zugebracht.

Ihre Wunden waren nur langsam geheilt. Traysch und Kut-Ter hatten sofort mit der Errichtung einer Station begonnen. Die Roboter fertigten drei Raumgleiter und mehrere hundert Raumspione an. Die Zeit verging, und Seth versuchte den beiden anderen zu helfen. Es stellte sich heraus, daß sie viel zu ungeschickt war, um irgendeine Arbeit auszuführen. Kut-Ter zeigte von Anfang an eine feindselige Haltung. Obwohl sie sich nicht miteinander verständigen konnten, spürte Seth den Ärger des Oneten.

Die Aussicht auf Rettung war gering. Traysch und Kut-Ter ließen drei Behälter mit Nährflüssigkeit errichten. Die Roboter übernahmen die Bedienung der Station. Die drei Schiffbrüchigen zogen sich in die Behälter zurück, um auf diese Weise ihre Lebensspanne zu verlängern. Seth weigerte sich, in den für sie vorgesehenen Behälter zu gehen, doch auf Trayschs Befehl wurde sie von den Robotern gezwungen.

Die erste Zeit war für Seth schrecklich. Dann jedoch gelang es Traysch, telepathische Kontakte zu Seth herzustellen. Zum erstenmal konnte Seth sich mit einem der beiden anderen verständigen. Traysch stellte ihr unzählige Fragen, die alle das Schiff betrafen. Er war sehr enttäuscht, als er feststellen mußte, daß Seth sich an nichts erinnern konnte.

Seth hingegen erfuhr unzählige Einzelheiten, von denen sie nichts gewußt hatte. Für Traysch und Kut-Ter wäre es einfach gewesen, einige Raumspione zu ihren Heimatplaneten zu schicken, um Hilfe zu holen. Doch die beiden Wissenschaftler hatten andere Pläne.

Seth fand heraus, daß Traysch und Kut-Ter als Gefangene an Bord des Schiffes gelebt hatten. Sie hatten irgendein Gesetz übertreten. Keiner der beiden schien gewillt, zu seiner Heimatwelt zurückzukehren, um den Rest der Strafe zu verbüßen.

Das Leben innerhalb der Behälter war eintönig, obwohl Traysch immer bessere Möglichkeiten fand, die Roboter für ihre Zwecke einzusetzen. Die Automaten mußten ihnen nicht nur Arme und Beine ersetzen, sie mußten auch als ihre Augen fungieren. Ununterbrochen arbeiteten die Roboter an der Vergrößerung der Station. Aus Trayschs telepathischen Sendungen erfuhr Seth, daß die beiden anderen planten, sich solange wie möglich am Leben zu erhalten.

Wieder verstrich eine für Seth nicht meßbare Zeit, bis es auch Kut-Ter gelang, sich mit ihr zu verständigen. Seine telepathischen Sendungen unterschieden sich jedoch vollkommen von denen Trayschs. Während Traysch Seth mit einer gewissen Gleichgültigkeit behandelte, ließ Kut-Ter keinen Zweifel aufkommen, daß er Seth als überflüssig ansah.

Ich möchte wissen, in welchem Teil des Schiffes dieses zweigeschlechtliche Ungeheuer gelebt hat, sendet er. *Man könnte fast glauben, daß es zu den Versuchstieren gehörte.*

Seth ist intelligent, entgegnete Traysch. *Das Schiff war so groß, daß wir nicht alle Besatzungsmitglieder kennen konnten.*

Seth fand heraus, daß ihr Körper, der mit unzähligen Kabeln verbunden war, sich allmählich veränderte. Die Nährflüssigkeit, die sie am Leben erhielt, löste eine übermäßige Zellwucherung aus. Seth lag bewegungslos innerhalb des Behälters, so daß sie nicht die Möglichkeit hatte, die

Funktion ihrer Beine zu überprüfen. Ihr Verstand wurde im Laufe der Zeit immer schärfer. Traysch, der sich ab und zu mit ihr telepathisch unterhielt, bestätigte es.

Deine Intelligenz nimmt ständig zu, sendete er. *Dies ist bei Kut-Ter und mir nicht der Fall. Unsere Entwicklung ist abgeschlossen.*

Obwohl Seth viele Dinge verstehen lernte, die sie früher niemals begriffen hätte, gewann sie ihre Erinnerung nicht zurück. Ihre Träume dagegen wurden immer abstrakter und unwirklicher. Sie erkannte den Grund dafür. Allmählich verlor sie jede innere Beziehung zu ihrem Körper. Selbst ihrem Unterbewußtsein fiel es immer schwerer, fiktive Erlebnisse zu produzieren, bei denen sie sich *bewegte.*

Je länger Seth in ihrem Behälter lag, desto verschwommener wurde ihre Vorstellung von ihrer eigenen Gestalt. Während Traysch und Kut-Ter darauf warteten, daß Seth sich irgendwann an die Zeit vor dem Absturz erinnern würde, vergaß Seth ihren Körper. Ab und zu, wenn Kut-Ter sie mit brutalen Gedankenmustern angriff, wurde sie sich ihrer früheren Stärke bewußt. Dann begannen ihre Nerven zu zucken, und der Gedanke an ihren aufgedunsenen Körper ließ sie verzweifeln.

Seth war sicher, daß auch Traysch und Kut-Ter sich veränderten. Bald würde die Zellwucherung so fortgeschritten sein, daß sie die Behälter nicht mehr verlassen konnten. Ihre Organe hatten sich an die warme Umgebung gewöhnt.

Seth lernte dann zu schlafen, wenn die beiden sich telepathisch unterhielten. Auf diese Weise konnte sie sich besser gegen Kut-Ter abschirmen. Wenn Traysch und der Onete schliefen, dachte Seth intensiv nach. Es gab unzählige Probleme. Sie wagte nicht, Traysch Fragen zu stellen, denn sie fürchtete, daß Kut-Ter sich einmischen würde.

Eines Tages meldete Traysch den Ausfall eines Roboters.

Wir müssen damit rechnen, daß sie nach und nach alle funktionsunfähig werden, erklärte er. *Wir haben kein geeignetes Material, um neue zu bauen.*

Ohne die Roboter können wir nicht leben, sendete Kut-Ter.

Richtig, stimmte Traysch zu. *Wir müssen jemand finden, der die Arbeit der Roboter übernimmt.*

Traysch und Kut-Ter führten endlose Beratungen, bis sie endlich einen Plan gefaßt hatten. Die Raumspione wurden umprogrammiert und mit Hypnosesendern versehen.

Trays ließ zwanzig Raumspione starten, die einen Teil der Galaxis erforschen sollten. Dann erst folgten die umprogrammierten Miniaturschiffe.

Wir müssen darauf achten, daß wir nicht die Aufmerksamkeit unbekannter Raumfahrer erwecken, mahnte Kut-Ter.

Traysch beruhigte ihn. Der Laagor schien an alles zu denken. Er traf Sicherheitsvorbereitungen, um gegen jede Eventualität gewappnet zu sein. Sie konnten die Roboter nicht durch Halbintelligenzen ersetzen, das war ihnen von Anfang an klar. Wenn sie die Raumspione jedoch zu den Planeten intelligenter Völker schickten, bestand die Gefahr, daß anstelle williger Helfer einige schwerbewaffnete Raumschiffe erschienen. Traysch fand auch für dieses Problem eine Lösung.

Vor ihrem Start wurden die Raumspione so umprogrammiert, daß ihre Ausstrahlungen gerade stark genug waren, um die Nachkommen verschiedener Sternvölker zu beeinflussen.

Kinder können wir nach unserem Willen formen, so daß sie keine Gefahr für uns bedeuten, wenn sie einmal erwachsen werden, erklärte Traysch.

Seth kümmerte sich kaum um die Vorbereitungen, die die beiden anderen trafen. Sie träumte und dachte nach.

Irgendwann teilte ihnen Traysch mit, daß die Hälfte aller Roboter ausgefallen war. Die Bauarbeiten außerhalb der Station mußten abgebrochen werden, da die verbliebenen Roboter benötigt wurden, die drei Wesen am Leben zu erhalten.

Es wird Zeit, daß die ersten Kinder eintreffen, sendete Traysch.

Seth spürte die kaum wahrnehmbaren Schwingungen der Pumpe, die die Nährflüssigkeit zirkulieren ließ. Vor wenigen Augenblicken war sie erwacht. Wie immer stand sie noch völlig unter dem Eindruck ihres Traumes. Diesmal war ihr ein eigenartiges Wesen erschienen, das mit einem spitzen Stab auf sie eingedrungen war.

Obwohl dieses Wesen äußerlich Kut-Ter geglichen hatte, war es nicht mit einem Oneten zu vergleichen.

Eine Traumfigur, dachte Seth verwirrt. Die Berührung mit dem Stab war ihr irgendwie vertraut vorgekommen.

Hör auf damit! Trayschs telepathischer Befehl war wie ein Schlag. *Wir haben jetzt wichtigere Dinge zu tun.*

In instinktiver Abwehr wollte sich Seth zusammenducken, doch ihr Körper gehorchte ihr nicht.

Wir werden dich austauschen, drang Kut-Ters Gedankenstrom zu ihr durch. *Sobald die Kinder hier eintreffen, wirst du aus deinem Behälter entfernt.*

Seth versuchte vergeblich, sich vor seinem Haß zu verschließen.

Es ist sinnlos, sie zu beunruhigen, telepathierte Traysch. *Wenn sie Angst hat, bedeutet sie keine große Hilfe für uns.*

Sie hat bisher noch nie etwas für unseren Fortbestand geleistet, dachte Kut-Ter verächtlich.

Seth verlor die Beherrschung.

Kratzen! dachte sie. *Kratzen! Beißen! Töten!*

Monstrum! höhnte der Onete. *Widerliches, zweigeschlechtliches Monstrum!*

Traysch zog seine Gedankenströme zurück. Er wußte, daß er diese Auseinandersetzungen nicht schlichten konnte. Seth fühlte sich elend und niedergeschlagen, doch sie fand ihre Fassung wieder. Sie wurde sich bewußt, daß sie ihre von wucherndem Fleisch bedeckten Krallen niemals in Kut-Ters hageren Körper schlagen konnte. Sie war dazu verurteilt, bis zu ihrem Tod in diesem Behälter zu liegen und die Gedankenangriffe des Oneten über sich ergehen zu lassen.

3.

Dan Picot gab sich Mühe, seine Unruhe zu verbergen. Es gelang ihm jedoch nicht, seine Blicke von dem Hypnoseschiffchen loszureißen, das Tschato in den Händen hielt.

Heintman saß mit ausdruckslosem Gesicht im Sessel. Er glaubte nicht mehr daran, daß sein Sohn noch am Leben war. Am Ende der Spur, so vermutete er, würden sie nur Tote finden.

Vergeblich hatte Picot versucht, den Captain von dieser fixen Idee abzubringen.

Tschato überreichte Picot das kleine Raumschiff.

»Stecken Sie es in Ihre Tasche, Dan«, ordnete er an. »Hoffentlich kommen Sie nicht in die Nähe anderer Menschen, solange der Verstärker eingeschaltet ist.«

Picot hielt das rätselhafte Ding mit gespreizten Fingern, als sei es aus glühendem Metall.

»Die Reichweite des Hypnosesenders beträgt fast acht Meter«, erklärte Tschato. »Das ändert sich auch durch den Verstärker nicht.«

Er ging durch den Raum und ließ sich neben Heintman nieder.

»Schalten Sie den Verstärker ein, Dan!« rief er.

Picot schluckte krampfhaft. Er wußte, daß die von M'Nutter in den Verstärker eingebaute Automatik das Gerät nach dreißig Sekunden automatisch abschalten würde, doch das Bewußtsein, daß er in wenigen Sekunden die Herrschaft über sich verlieren würde, beunruhigte ihn.

Mit zitternden Fingern griff er nach dem Verstärker und drückte die Taste nach unten.

Tschato beobachtete ihn gespannt. Heintman beugte sich etwas nach vorn. Sie saßen zwölf Meter von Picot entfernt.

Picot blieb einen Augenblick regungslos stehen, dann wandte er sich um und ging auf die Tür zu. Bevor er sie erreichte, waren die dreißig Sekunden verstrichen. Der alte Raumfahrer fuhr herum.

»Was ist passiert?« rief er Tschato zu.

»Das möchten wir von Ihnen hören, Dan«, entgegnete Tschato.

»Was haben Sie empfunden?«

»Ich kann mich an nichts erinnern«, murmelte Picot. Er stellte fest, daß er unmittelbar neben der Tür stand. »Offenbar wollte ich diesen Raum verlassen.«

»Natürlich«, stimmte Tschato zu. »Doch das müssen wir genau wissen. Es ist schade, daß Sie sich nicht an den Zeitraum erinnern können, während dem Sie hypnotisiert waren.«

Heintman bewegte sich unruhig. Sein Gesicht wirkte eingefallen. Tschato warf ihm einen mitfühlenden Blick zu.

»Immer mit der Ruhe, Walt«, sagte er sanft. »Wir werden es schon schaffen.«

»Aber wie?« knurrte Picot.

Tschato überlegte einen Augenblick, dann sagte er. »Schalten Sie den Verstärker noch einmal ein. Diesmal werde ich versuchen, mich mit Ihnen zu unterhalten.«

Picot sagte: »Jetzt!« und griff nach der Türklinke.

»Wohin gehen Sie, Dan?« rief Tschato scharf.

Der Erste Offizier der LION öffnete die Tür und sagte, ohne sich umzuwenden: »Zum Raumhafen, Sir!«

Er verschwand im Korridor und kam wenige Augenblicke später zurück.

»Hat es funktioniert?« fragte er gespannt.

»Ja«, nickte Tschato. »Ihr Ziel war der Raumhafen, wie wir es erwartet hatten. Dieses Hypnoschiffchen hat also die Kinder beeinflußt, sich zum Raumhafen zu begeben.«

»Es müssen mehrere dieser Schiffe gewesen sein«, verbesserte Picot. »Denken Sie daran, daß Walts Sohn früher verschwand als zwölf der übrigen Kinder. Dieses Schiffchen stürzte jedoch ab.«

Tschato klopfte Captain Heintman leicht auf die Schulter. Heintman versuchte zu lächeln.

»Auf dem Raumhafen werden wir das Experiment wiederholen«, erklärte der Oberstleutnant. Er blickte auf seine Uhr. »Das Frachtschiff DELLARD startet in zweieinhalb Stunden. Es wird auf Tigris zwischenlanden. Wenn unsere Theorie stimmt, müßte sich Dan heimlich an Bord der DELLARD begeben.«

»Wir werden zu spät kommen«, sagte Heintman wie betäubt.

Tschato erhob sich. Lautlos durchquerte er das Zimmer. Mit seinen hängenden Schultern sah er eher dick als muskulös aus. Seine Bewegungen wirkten eher müde als entschlossen.

»Die LION ist startbereit«, sagte er.

Picot brannte eine Frage auf der Zunge. Er ahnte, daß Tschato den Großadministrator über ihre Nachforschungen unterrichtete, aber von dem Hypnoschiffchen wußte Perry Rhodan wahrscheinlich ebensowenig wie von M'Nutters Experimenten.

Picot glaubte den Grund zu wissen, warum Tschato die Existenz dieses kleinen Flugkörpers verheimlichte. Wahrscheinlich hätte Rhodan sofort die Abwehr eingeschaltet, wenn er davon erfahren hätte, daß Hypnosendungen unbekannter Wesen auf der Erde ausgestrahlt wurden. Tschato ging ein großes Risiko ein.

Picot vermutete, daß Tschato den Großadministrator von Tigris aus über alle Einzelheiten unterrichten würde, dann nämlich, wenn der Vorsprung der LION groß genug war, um *vor* den Agenten der Abwehr bei den Kindern anzukommen.

Die Abwehr würde sich in erster Linie darum bemühen, weitere Entführungen zu verhindern. Das bedeutete, daß Heintmans Sohn und alle anderen Kinder weiterhin stark gefährdet sein würden. Auch konnte die mächtige Organisation keine besondere Rücksicht auf das Leben der entführten Kinder nehmen.

Fünfundzwanzig Kinder waren eine Minderheit. Die Abwehr würde zunächst einmal alles tun, um die Mehrheit zu schützen.

Tschato hoffte offenbar, daß es nicht zu weiteren Entführungen kommen würde. Und er hoffte, die verschwundenen Kinder schnell zu finden.

Sie verließen Heintmans Wohnung und begaben sich zum Dach des Hauses. Dort bestiegen sie einen bereitstehenden Luftgleiter. Tschato gab eine kurze Funkmeldung ans Hauptquartier der Solaren Flotte ab und bat um Starterlaubnis für die LION. Als Grund gab er eine Sondermission im Auftrag des Großadministrators an.

Picot beobachtete den starken Verkehr, der während dieser Zeit in Terrania herrschte. Tschato hatte die Steuerautomatik ausgeschaltet und die Pilotenarbeit übernommen. Nur Heintman saß teilnahmslos auf seinem Platz.

Die Startgenehmigung würde direkt zur LION geleitet werden. Dort würde Leutnant Vertrigg bereits mit den Startvorbereitungen beginnen. Wenn sich Tschatos Verdacht bestätigte, würde die LION nach Tigris fliegen. Picot vermutete, daß er die Reise als blinder Passagier an Bord der DELLARD mitmachen würde. Er mußte die zweite Taste des Verstärkers drücken. Diese schaltete sich erst nach vierundzwanzig Stunden selbständig aus.

Picot fragte sich, ob man ihn entdecken würde. Er bezweifelte es, denn keines der Kinder war aufgespürt und zurückgebracht worden. Unter dem Einfluß des Hypnosenders schien ein Mensch besonders vorsichtig zu reagieren.

Tschato scherte aus der Hauptflugbahn aus und näherte sich dem Raumhafen. Sie identifizierten sich und durften ungehindert in den Militärhafen einfliegen. Mehrere Meilen huschte der Gleiter über das Landefeld, dann erreichten sie die LION. Tschato setzte den Flugkörper sanft auf den

Boden. Die drei Männer stiegen aus. Tschato schaute auf seine Uhr.

»Sie werden den Gleiter nehmen und bis in die Nähe des Hauptmagazins fliegen«, befahl er Picot. »Dort befinden Sie sich in unmittelbarer Nähe der Absperrungen des Landefeldes der Fracht- und Passagierschiffe. Als Offizier der Solaren Flotte wird man Sie ungehindert passieren lassen.«

»Wann soll ich den Verstärker einschalten, Sir?« erkundigte sich Picot.

»Versuchen Sie, möglichst nahe an die DELLARD heranzukommen, ohne das Gerät zu benutzen. Wenn Sie dicht genug heran sind, können Sie den Verstärker in Tätigkeit setzen. Achten Sie jedoch darauf, daß sich niemand in Ihrer Nähe befindet und dadurch ebenfalls von der Auswirkung des Senders erfaßt wird.«

Picot sah nicht sehr glücklich aus – und er fühlte sich dementsprechend.

Er sagte: »Im gleichen Augenblick, da der Hypnosender verstärkt wird, kann ich meinen Verstand nicht mehr kontrollieren. Sie haben in Heintmans Wohnung gesehen, daß ich vollkommen automatisch reagiere.« Er drehte den kleinen Apparat unschlüssig in seinen Händen. »Wie kann ich verhindern, in die Nähe irgendwelcher Personen zu gelangen, wenn ich nicht im Vollbesitz meines freien Willens bin?«

»Ihr Unterbewußtsein wird Sie sicher an Bord der DELLARD leiten«, versicherte Tschato. »Denken Sie immer daran, daß keines der Kinder entdeckt wurde, obwohl diese ebenfalls unbewußt handelten.«

»Hm!« machte Picot. »Ich fühle mich in meiner Rolle als blinder Passagier nicht sehr wohl, Sir.«

Heintman fragte ungeduldig: »Soll ich Ihre Aufgabe übernehmen?«

Tschato machte eine abwehrende Handbewegung. »Sie unterschätzen den alten Dan«, erklärte er.

Gewiß nicht, dachte Picot grimmig, ohne diesen Gedanken laut auszusprechen. Es war ausgemacht, daß die LION noch vor der DELLARD auf Tigris sei und jeden Schritt Picots überwachen sollte. Was aber, so fragte sich der Erste Offizier des Schlachtkreuzers unbehaglich, wenn er auf Tigris auf irgendeine mysteriöse Weise verschwand? Vielleicht würden Tschato und seine Männer vergeblich nach ihm suchen.

»Es wird Zeit«, sagte Tschato in seiner lakonischen Art.

Picot nickte langsam und ging schwerfällig zum Gleiter zurück. Tschato und Heintman warteten, bis er eingestiegen und gestartet war. Heintman sah dem davonfliegenden Gleiter nach.

Tschato berührte ihn sanft am Arm.

»Kommen Sie, Walt«, sagte er.

Nebeneinander gingen sie den Landesteg hinauf. Tschato sah, wie der Gleiter zwischen den größeren Schiffen verschwand. Es war kurz vor Sonnenuntergang. Die LION konnte innerhalb weniger Minuten starten. Tschato wollte jedoch den Start der DELLARD abwarten, um sicher zu sein, daß sich Picot an Bord befand. Auf jeden Fall würde das Kriegsschiff schneller auf Tigris sein als der Frachter.

Auf der DELLARD gab es unzählige Plätze, wo sich Picot sicher verbergen konnte. Sobald das Schiff jedoch landete, mußte Picot es verlassen. Tschato war gespannt, wohin sich der Raumfahrer dann wenden würde.

Tigris war ein Wüstenplanet. Außer der Handelsstation gab es keine Niederlassung des Imperiums auf dieser Welt. Tschato war überzeugt davon, daß keines der Kinder unbemerkt in die Handelsstation hatte eindringen können. Auch für Picot würde das unmöglich sein. Das Ziel der Hypnotisierten mußte also außerhalb der Station liegen. Irgendwo in den ausgedehnten Wüsten.

Für einen Menschen gab es in dieser Wüste keine Überlebenschance. Wenn er keine Atemmaske besaß, würde er in der dünnen Atmosphäre innerhalb kurzer Zeit ersticken. Tschato wußte, daß die Handelsstation nur von wenigen Männern besetzt war. Drei von ihnen waren Umweltangepaßte, die sich in der Atmosphäre von Tigris wohlfühlten, die sieben anderen mußten eine Atemmaske benutzen, wenn sie die Gebäude verließen.

Tschato hatte erfahren, daß ein normaler Terraner etwa drei Stunden ohne Schutz außerhalb der Station am Leben bleiben konnte.

Das bedeutete, daß Dan Picot innerhalb von drei Stunden sein Ziel erreichen mußte, wenn er nicht an Atemnot sterben wollte. Für die verschwundenen Kinder galt das gleiche. Tschato hielt es für ausgeschlossen, daß irgend jemand fünfundzwanzig Kinder nach Tigris lockte, nur, um sie dort in der Wüste umkommen zu lassen. Mit Sicherheit hatte man die Hypnotisierten in der Nähe der Niederlassung erwartet.

Wie würden die Unbekannten auf Picots Erscheinen reagieren?

4.

Traysch wußte, daß er die technische Macht besaß, die beiden anderen jederzeit zu töten. Dagegen war *er* völlig unangreifbar. Für Kut-Ter gab es keine Möglichkeit, an Trayschs Behälter heranzukommen, und Seth war sowieso hilflos. Traysch beherrschte die Roboter. Von seinem Behälter aus steuerte er das gesamte Kontrollsystem der Station. Er konnte jeden einzelnen Roboter erreichen und für seine Zwecke einsetzen.

Traysch beabsichtigte nicht, Kut-Ter oder Seth zu töten, aber er plante jeden denkbaren Angriff der beiden anderen ein. Dabei fiel ein Höchstmaß seiner Aufmerksamkeit auf Kut-Ter, den er als sehr intelligent einschätzte. Kut-Ter hatte nie irgendwelche aggressive Absichten erkennen lassen, doch das besagte überhaupt nichts. Der Onete wußte, daß Traysch die Roboter beherrschte. Er war viel zu klug, sich gegen einen solchen Machtfaktor aufzulehnen.

Traysch war sich von Anfang an darüber im klaren gewesen, daß sein kompliziertes Sicherungssystem sinnlos sein würde, sobald die Roboter endgültig ausfielen und organische Wesen an ihre Stelle traten.

Zu diesem Zeitpunkt konnte unter Umständen ein kritischer Punkt in den Beziehungen zwischen Traysch und Kut-Ter eintreten. Seth war zu dumm, um die zu erwartende Entwicklung für sich zu nutzen.

Vielleicht, überlegte Traysch, seine Gedanken vorsichtig abschirmend, wartete Kut-Ter schon lange auf eine solche Gelegenheit.

Leider gab es keine andere Möglichkeit zum Überleben, als fremde Intelligenzen in die Station zu bringen. Den beiden anderen hatte Traysch die Gefahr eines solchen Unternehmens mit Absicht übertrieben geschildert. Kut-Ter und Seth wußten nichts von den Sicherheitsmaßnahmen, die Traysch für die Station getroffen hatte. Traysch hatte diese allgemeine Sicherheitsvorkehrungen vor den beiden anderen geheimgehalten, um Kut-Ters Mißtrauen nicht zu wecken. Der schlaue Onete hätte aus Trayschs Maßnahmen sofort gefolgert, daß der Laagor alles, was er für die Sicherheit der Station herstellte, auch für seinen eigenen Schutz verwenden konnte.

Die Roboter hatten unzählige Befehle ausgeführt, von denen weder Kut-Ter noch Seth etwas wußten. So gab es rund um die Station einen Energieschirm, der jeden unerwünschten Ankömmling zurückhalten konnte. Außerdem hatte Traysch eine Anzahl von Waffen anfertigen lassen, die ausschließlich von ihm bedient werden konnten – auch dann noch, wenn es keinen einzigen Roboter mehr geben sollte. Traysch hatte nie überstürzt gehandelt. Die Zeit, die ihnen zur Verfügung stand, hatte er jedoch genutzt.

Trotzdem gab es auch für Traysch eine Reihe ungelöster Fragen. Eine davon lautete:

Warum war das Forschungsschiff über dieser Welt abgestürzt?

Trayschs logisch arbeitender Verstand sagte ihm, daß es sich um Sabotage gehandelt haben mußte. Die Forschungsschiffe galten als vollkommen sicher. Sie bestanden aus mehreren Sektionen. Wenn der als unwahrscheinlich geltende Katastrophenfall einmal innerhalb eines Forschungsschiffes eintrat, wurde die gefährdete Sektion einfach abgetrennt, ohne daß das gesamte Schiff beschädigt wurde.

Das Schiff, auf dem Traysch sich befunden hatte, war mit allen Sektionen abgestürzt und explodiert, ohne daß jemand Zeit zum Reagieren bekommen hatte. Nicht eine einzige Warn- oder Alarmanlage hatte das Unheil angekündigt.

Es konnte sich bei diesem Absturz nur um Sabotage handeln – um völlig sinnlose Sabotage allerdings, denn wer immer sie verübt hatte, lag seit dem Ende des Schiffes unter den Trümmern begraben.

Der Gedanke, daß jemand eine Bombe an Bord geschmuggelt haben könnte, bevor das Schiff gestartet war, erschien Traysch absurd. Jeder noch so winzige Fremdkörper wäre entdeckt worden, außerdem hätten die einzelnen Sicherheitsanlagen eine Explosion verhindert.

Die einzige, halbwegs vernünftige Erklärung, die es für den Absturz des Schiffes gab, war die Selbstmordtheorie. Irgendwer an Bord hatte aus unerfindlichen Gründen beschlossen, seinem Leben ein Ende zu bereiten und dabei dreitausend andere Wesen mit in den Tod zu nehmen. Daß das Schiff dabei ausgerechnet über dieser Sauerstoffwelt explodiert war, mochte Zufall gewesen sein. Traysch wußte jedoch nicht, wie der hypothetische Selbstmörder den Absturz veranlaßt hatte. Dafür gab es überhaupt keine Erklärung.

Eine andere Frage, die Traysch intensiv beschäftigte, war:

Wer war Seth?

Seth – das war ein Problem. Niemals zuvor hatte Traysch ein derart plumpes Intelligenzwesen gesehen. Seth war noch nicht einmal aufrecht gegangen, ihre Tatzen waren selbst für einfache Arbeiten unbrauchbar gewesen. In seiner Laufbahn als Wissenschaftler hatte Traysch die Angehörigen vieler Sternvölker gesehen, doch ein Wesen wie Seth war ihm niemals begegnet. Er hatte nie zuvor von einem Volk mit einem derartigen Aussehen gehört.

Traysch bezweifelte nicht, daß Seth die Erinnerung verloren hatte. Der ungeheure Schock, den der Absturz in ihr ausgelöst hatte, mußte dies verursacht haben. Vielleicht hätte Traysch Kut-Ters Drängen schon nachgegeben und Seth aus ihrem Behälter entfernen lassen, wenn er sich nicht für ihre Vergangenheit interessiert hätte. Manchmal waren Seths Gedanken von animalischer Wildheit, so daß Traysch glaubte, in dem Nachbarbehälter befände sich ein Raubtier, dann jedoch gab sich Seth vernünftig und zurückhaltend.

Vielleicht lag das daran, daß Seth nicht zu sich selbst fand, daß sie nichts von ihrer Vergangenheit wußte. Für sie hatte das Leben praktisch erst mit der Explosion begonnen. Bevor sie sich in die Behälter zurückgezogen hatten, war Seth dem Oneten und Traysch körperlich überlegen gewesen. Mit ihrem massigen und doch geschmeidigen Körper hätte sie Traysch und Kut-Ter erdrücken können. Nur ungern erinnerte sich Traysch an die glühenden Augen, aus denen Seth ihn oft angestarrt hatte, an die großen Reißzähne, die immer dann sichtbar geworden waren, wenn Seth ihren Rachen geöffnet hatte.

Seths körperliche Überlegenheit (die allerdings nur kräftemäßig existiert hatte) war hinfällig geworden, als sie sich alle drei in die Behälter zurückgezogen hatten. Von diesem Zeitpunkt an war Seth den beiden anderen unterlegen.

Traysch war über Seths mangelnde Intelligenz erleichtert, sie ersparte ihm die Mühe, ihr gegenüber die gleichen Maßnahmen wie bei Kut-Ter zu treffen. Oft wünschte er jedoch, sie wäre etwas vernünftiger gewesen, so daß er sich mit ihr über verschiedene Probleme hätte unterhalten können.

Traysch war viel zu abgeklärt, um irgendwelche Gefühle für Seth zu empfinden. Sie erweckte in ihm weder Mitleid noch Verachtung – nur jenes Verlangen, ihre Herkunft zu enträtseln.

In gewissem Sinn – darin mußte der Laagor Kut-Ter recht geben – war Seths Leben völlig sinnlos. Das zweigeschlechtliche Wesen war einsam und besaß nicht die geistigen Fähigkeiten, irgend etwas zum Ausbau der Station beizutragen.

Traysch beabsichtigte nicht, für alle Zeiten auf dieser Welt zu bleiben. Eines Tages wollte er in seine Heimat zurückkehren, auch wenn dies nur innerhalb des Behälters geschehen konnte. Er wußte, daß man ihn dort erneut verurteilen und zur Abbüßung seiner Strafe veranlassen würde, doch Traysch würde mächtig genug sein, alle seine Widersacher auszuschalten.

Traysch wußte, daß noch eine halbe Ewigkeit verstreichen würde, bevor er stark genug war, um eine Rückkehr zu wagen, aber irgendwann würde dieser Zeitpunkt kommen.

Während Kut-Ter nur darauf bedacht schien, sein Leben weiter zu verlängern, plante Traysch bereits für die Zukunft. Um seine Ideen zu verwirklichen, benötigte er ein Raumschiff. Die Wesen, die die Plätze der Roboter übernehmen sollten, konnten Traysch irgendwann einmal dazu verhelfen.

Traysch fühlte sich glücklich, weil er ein Ziel vor sich hatte.

Der Impuls kam überraschend, aber es vermochte Traysch nicht zu erschrecken. Sein Verstand begann mit der Präzision einer Maschine zu arbeiten. Der Impuls kam von außerhalb der Station. Sofort schaltete Traysch alle Übertragungsmöglichkeiten innerhalb der Station aus. Es gelang ihm, den Impuls zu lokalisieren. Seine aufgequollenen Finger hasteten über die einzelnen Anschlüsse.

Da war es!

Einer der drei Raumgleiter hatte den verabredeten Impuls ausgestrahlt.

Was ist geschehen? drang Kut-Ters Gedankenstrom in Trayschs Bewußtsein.

Der Laagor erlitt einen Schock.

Wie war das möglich? Wie konnte Kut-Ter wissen, daß irgend etwas im Gang war? Trayschs Finger rasten an den Anschlüssen entlang. Alle Impulsgeber für das Stationsinnere waren ausgeschaltet. Es gab nur eine Erklärung: Er mußte unbewußt einen Gedankenstrom ausgesendet haben.

Das war ein Beweis für die Wachsamkeit des Oneten.

Es ist nichts, beteuerte Traysch hastig.

Kut-Ter schwieg, aber Traysch ahnte, daß er sich nicht zufriedengeben würde.

Einer der Gleiter hatte eine Anzahl von Kindern aufgenommen und war in den Weltraum gestartet. In absehbarer Zeit würde er mit seinen unfreiwilligen Passagieren auf diesem Planeten landen.

Es konnte nicht mehr lange dauern, bis auch die beiden anderen Raumgleiter zurückkehrten.

Traysch hatte lange überlegt, bis er einen kleinen Wüstenplaneten als Operationsbasis für die drei Gleiter ausgewählt hatte. Auf dieser Welt gab es nur eine Handelsstation eines raumfahrenden Volkes, das einen Teil der Galaxis beherrschte. Da dort häufig Schiffe landeten, hatte Traysch mit einem schnellen Erfolg gerechnet.

Er schien recht zu behalten.

Der Laagor erteilte einigen Robotern den Befehl, alles für die bevorstehende Landung vorzubreiten. Als er dies getan hatte, vergewisserte er sich, daß die Abwehranlagen seines Behälters eingeschaltet waren. Zwar glaubte er nicht, daß sich Kut-Ter zu einem Angriff hinreißen ließ, aber er wollte kein Risiko eingehen. Kut-Ter war, ebenso wie Traysch, in der Lage, einfache Bewegungen auszuführen. Lediglich Seth lag bewegungsunfähig in ihrem Behälter. Traysch, der befürchtet hatte, daß Seth mit ihren plumpen Tatzen Schaden anrichten würde, hatte dafür gesorgt, daß sie gelähmt in der Nährflüssigkeit lag.

Natürlich wurde es auch für Kut-Ter und den Laagor immer schwieriger, die einzelnen Anschlüsse zu betätigen, denn ihre Glieder verloren allmählich ihre ursprüngliche Form. Traysch war längst dazu übergegangen, die Anschlüsse seines Behälters ständig umändern zu lassen, so daß er sie leicht bedienen konnte. Auch davon wußte Kut-Ter nichts, der nach wie vor mit den ursprünglich eingebauten Schaltungen zurechtkommen mußte.

Einer der Gleiter hat den Rückflug angetreten. Traysch gab sich Mühe, diesen Gedanken ruhig auszustrahlen.

Befinden sich Lebewesen an Bord? fragte Kut-Ter sofort.

Traysch war davon überzeugt, doch er erwiderte vorsichtig: *Das werden wir feststellen, sobald das Schiff landet.*

Kut-Ter strahlte einige unverständliche Gedanken aus. Dann telepathierte er:

Wir müssen darauf achten, daß die Neuankömmlinge unsere Behälter nicht beschädigen können.

Sie stehen unter Hypnose, erinnerte Traysch. *Sobald der Ein-*

fluß der Raumspione nachläßt, werden wir die beiden großen Hypnosender innerhalb der Station einschalten. Auf diese Weise werden wir die Wesen nach unserem Willen beeinflussen. Außerdem besitzen wir noch genügend Roboter, die jeden Angriff abwehren können.

Traysch spürte, wie sich Seths Gedankenströme behutsam in sein Bewußtsein vorarbeiteten. Seth war viel zu ängstlich, um sich in eine Unterhaltung zwischen ihm und Kut-Ter einzumischen.

Was willst du? erkundigte sich Traysch.

Werden die Ankömmlinge überhaupt innerhalb der Station leben können? fragte Seth ängstlich.

Wir haben die Raumspione ausschließlich zu Sauerstoffplaneten geschickt, gab Traysch ungeduldig zurück.

Wovon sollen sich die Kinder ernähren? wollte Seth wissen.

Die Nährflüssigkeit wird für sie ausreichen, antwortete Traysch.

Seth zog sich zurück, doch Traysch spürte, daß sich das Wesen über irgend etwas Sorgen machte.

Traysch mußte sich jetzt auf den Oneten konzentrieren. Seths Gedanken konnte er vorerst ignorieren.

Ich glaube, die Ankunft der Kinder wird ein entscheidender Moment für uns sein, sendete Kut-Ter.

Trayschs Finger zuckten in verhaltener Nervosität. Die Gedanken Kut-Ters erschienen ihm zweideutig. Was wußte der Onete von Trayschs heimlichen Vorbereitungen?

Du hast recht, erwiderte Traysch. Er gab sich Mühe, seine Gedanken völlig zu kontrollieren. Kut-Ter durfte nicht den geringsten Verdacht schöpfen.

Sobald genügend fremde Intelligenzen innerhalb der Station sind, können wir uns anderen Plänen zuwenden, fuhr Kut-Ter fort.

Zum erstenmal sprach er von eigenen Plänen. Traysch hörte aufmerksam zu. Doch Kut-Ter stellte seine telepathische Sendung ein.

Die drei ungleichen Wesen lagen ruhig in ihren Behältern und warteten.

5.

Der Himmel von Tigris war dunkelblau. Obwohl es Tag war, konnte man einzelne Sterne erkennen. Sie glichen weißen Farbtupfen, die willkürlich über eine Fläche dunklen Samtes verstreut waren.

Inmitten der endlosen Wüste wirkte die Niederlassung des Imperiums verloren, obwohl sie in ihrer gesamten Ausdehnung über siebzig Quadratkilometer bedeckte. Hinzu kam noch das Landefeld für die Raumschiffe.

Oberstleutnant Nome Tschato beobachtete mit zusammengekniffenen Augen die vier kleinen Raupenschlepper, die unermüdlich damit beschäftigt waren, das Landefeld von Wüstensand freizuhalten. Es waren automatisch gesteuerte Fahrzeuge.

Die Gebäude der Station waren ringförmig angelegt, in ihrer Mitte war eine Oase entstanden, wo eine Anzahl anspruchsloser Pflanzen wuchsen. Die Gebäude selbst hätten keinem architektonischen Schönheitswettbewerb standgehalten, man hatte bei ihrer Errichtung nur auf die Zweckmäßigkeit geachtet. Außer den langgestreckten Lagerhallen gab es noch das Aufenthalts- und Verwaltungsgebäude, sowie die Kontrollanlage.

Sämtliche Gebäude waren mit Luftschleusen verbunden. Die Lagerhallen konnten nur mit Atemmasken betreten werden. Innerhalb der Kontrollstation und des Aufenthaltsgebäudes hatte man jedoch Bedingungen geschaffen, die einem Menschen das Leben ohne irgendwelche Schutzmasken ermöglichten.

Tschato schob seine Atemmaske zurecht und wandte sich an den Leiter der Handelsstation, an den Umweltangepaßten Aargos Daniel.

»Verfügt die Station über empfindliche Ortungsgeräte?« fragte er.

Seine Stimme klang unter der Maske blechern. Daniel mußte sich vorbeugen, um ihn verstehen zu können. Daniel war ein schmalbrüstiger, hagerer Mann mit breiten Schlitzaugen und einer kaum entwickelten Nase. Er atmete siebenmal schneller als Tschato.

»Nein«, erwiderte Daniel. »Wir besitzen nur Geräte für eine Raumortung.«

»Sie könnten also nicht feststellen, wenn einige Meilen von hier entfernt kleinere Flugkörper in der Wüste landen würden?« wollte Tschato wissen.

Daniel schüttelte langsam den Kopf. Seine Blicke wanderten zwischen der LION und ihrem Kommandanten hin und her.

»Ist irgend etwas vorgefallen?« erkundigte er sich.

Tschato hörte Furcht aus der Stimme des Mannes heraus, daß man ihm einen Fehler zur Last legen könnte.

»Auf der Erde sind fünfundzwanzig Kinder verschwunden«, sagte Tschato. »Wir haben berechtigte Gründe anzunehmen, daß sie hierhergebracht wurden.«

»Aber das ist unmöglich«, erklärte Daniel heftig. »Wo sollten diese Kinder leben?«

»Das fragen wir uns ebenfalls«, sagte Tschato mit schwachem Lächeln.

Auf Daniels Stirn erschienen zwei steile Falten. Er schien angestrengt nachzudenken. Er wußte nicht, wie er sich dem riesigen Afrikaner gegenüber verhalten sollte. Tschatos Ruhe wirkte unnatürlich, aber Daniel, der ein sicheres Gefühl für den wahren Charakter eines Menschen besaß, ahnte, daß der Offizier ein äußerst gefährlicher Mann war.

»Wollen Sie ein Suchkommando zusammenstellen?« erkundigte sich Daniel.

Tschato breitete die Arme aus und machte eine Geste, als wollte er das gesamte Land umfassen.

»Die Wüste ist endlos«, sagte er. »Wahrscheinlich müßten

wir tagelang suchen, um Spuren zu finden. Dazu haben wir jedoch keine Zeit. An Bord der DELLARD, die in wenigen Stunden hier landen wird, befindet sich ein Mann, der uns helfen wird.«

»Ein Agent der Abwehr?« fragte Daniel unbehaglich.

»Nein«, sagte Tschato knapp. Er deutete auf die Lagerhallen. »Wie geht das Ent- und Beladen der einzelnen Schiffe vor sich?«

Daniel zuckte mit den Schultern. »Wir kümmern uns kaum darum«, erklärte er. »Die Robotkräne erledigen das für uns. Unsere einzige Aufgabe besteht in einer Kontrolle der Lieferscheine. Unsere Hauptarbeit ist es, die Station in Betrieb zu halten.«

»Theoretisch wäre es also durchaus möglich, daß einige Kinder unbemerkt in der Wüste verschwunden sind?«

»Ja«, gab der Umweltangepaßte widerwillig zu. Er hob entschuldigend die Arme. »Wie konnten wir damit rechnen, daß hier Kinder auftauchten, die in die Wüste hinausgehen?«

Tschato sah, wie die drei Raupenschlepper nebeneinander am Rand des Landefeldes entlang fuhren und einen hohen Wall aufschichteten. Zwischen dem Landefeld und der eigentlichen Station gab es diesen Wall jedoch nicht, so daß man von dort aus bequem die Wüste erreichen konnte. Tschato dachte nicht daran, den Männern, die auf Tigris lebten, Vorwürfe zu machen. Für sie bedeutete die Ankunft eines Frachtschiffes reine Routinearbeit, für deren Ausführung ihnen außerdem noch Roboter zur Verfügung standen.

Wer immer Tigris als Ziel für die Kinder ausgesucht hatte, mußte von diesen Verhältnissen gewußt haben.

Wenn es ihnen nicht gelang, mit Picots Hilfe einen Hinweis über den Verbleib der Kinder zu finden, mußten sie dazu übergehen, die Wüste zu untersuchen. Tschato wußte, daß dabei Tage vergehen würden. Inzwischen konnten auf der Erde bereits weitere Kinder verschwinden, was schließlich das Eingreifen der Galaktischen Abwehr zur Folge haben mußte.

Tschato war sich darüber im klaren, daß er den Bericht an Perry Rhodan nicht länger hinauszögern durfte. Sobald die DELLARD gelandet und Picot am Ziel angekommen war, mußte Rhodan informiert werden.

Die LION konnte sofort in den Raum starten, um ein anderes Ziel anzufliegen. Tschato war fast überzeugt davon, daß sich die Kinder nicht mehr auf diesem Planeten aufhielten. Wahrscheinlich waren sie zu einer anderen Welt gebracht worden.

Er hörte Daniel neben sich seufzen und riß sich von seinen Gedanken los.

»Macht es Ihnen etwas aus, wenn wir uns bis zur Ankunft der DELLARD die einzelnen Gebäude ansehen?« fragte Tschato.

Daniel verneinte. »Sie werden nichts entdecken«, sagte er. »Es ist unmöglich, daß sich auch nur ein einziges Kind innerhalb der Niederlassung aufhält.«

Tschato war bereit, dem Umweltangepaßten zu glauben. Er sagte jedoch: »Trotzdem möchte ich mich orientieren. Vielleicht entdecke ich etwas, was Ihnen bisher nicht aufgefallen ist.«

»Gewiß«, murmelte Daniel und ging auf die Gebäude zu. Tschato folgte einige Meter hinter ihm. Er hatte zehn Männer der LION um den voraussichtlichen Landeplatz der DELLARD verteilt. Unter normalen Umständen war es unmöglich, daß Dan Picot den Frachter unentdeckt verlassen konnte. Wenn er in die Wüste flüchten sollte, würden die Raumfahrer ihm folgen. Tschato war auf alles vorbereitet.

»Nur wenige Waren bleiben länger als eine Woche auf Tigris«, erklärte Daniel. »Die Kolonisten kommen von den verschiedenen Planeten hierher und holen sich ab, was sie benötigen.«

Tschato schnippte mit den Fingern. »Wäre es nicht möglich, daß die Kinder auf irgendeine Kolonie entführt wurden?«

»Nein«, sagte Daniel entschieden. »Die Kolonisten besitzen nur winzige Schiffe. Sie füllen die Lagerräume vollständig. Und in den Kommandozentralen kann sich noch nicht einmal eine Maus unbemerkt aufhalten.«

»Vielleicht gibt es Kolonisten, die die Kinder bewußt entführen«, gab Tschato zu bedenken.

Daniel mußte lachen. »Entschuldigen Sie, Sir«, sagte er. »Ich kenne alle Männer, die auf Tigris landen. Einige sind richtige Sonderlinge, doch nicht ein einziger von ihnen würde ein Kind entführen.«

Sie betraten zusammen das erste Lagergebäude. Unmittelbar neben dem Eingang standen zwei Robottransporter. Wenn ein Schiff der Kolonisten gelandet war, wurden diese Fahrzeuge von automatischen Kränen beladen.

Tschato sah, daß die verschiedenen Waren sortiert und ihrer Verwendung entsprechend gelagert wurden. Auch in diesem Gebäude konnte ein Mensch sich ohne Atemmaske nicht länger als drei Stunden aufhalten. Trotzdem blickte sich Tschato aufmerksam um. Er hoffte einen winzigen Hinweis zu entdecken, der ihnen weiterhelfen konnte.

Daniel wartete geduldig, als Tschato zwischen den gelagerten Gegenständen hindurchkroch und sie gründlich untersuchte. Der Oberstleutnant öffnete sogar einzelne Kisten.

Schließlich sagte Daniel spöttisch: »Vielleicht sollten wir Fingerabdrücke nehmen.«

Tschato sah ein, daß er in diesem Gebäude nichts entdecken würde. In den anderen Lagerhallen würde es nicht anders aussehen. Da die DELLARD jedoch erst in zwei Stunden erwartet wurde, beschloß er, seinen Rundgang fortzusetzen.

Der größte Teil der Waren war verpackt. Mit großen Buchstaben waren die Bestimmungsplaneten aufgezeichnet. Tschato empfand Mitleid mit den Männern, die auf Tigris lebten. Ihm wäre es auf dieser Welt zu ruhig und einsam gewesen.

»Wie lange bleiben die einzelnen Schiffe auf Tigris?« fragte er Daniel.

»Das kommt darauf an«, antwortete der andere. »Die meisten Frachter starten schon nach kurzer Zeit. Manche Kolonisten verbringen jedoch einige Tage hier.«

»Ist Tigris die einzige Handelsniederlassung des Imperiums innerhalb der Plejaden-Gruppe?«

»Es gibt sechs weitere Welten dieser Art«, sagte Daniel. »Alle haben sich auf bestimmte Waren spezialisiert. So werden bei uns zum größten Teil nur kleinere Maschinen und Ersatzteile verladen.«

Sie begaben sich in die anschließende Halle. Wie Tschato erwartet hatte, sah es hier nicht viel anders aus.

»Gehen wir in das Aufenthaltsgebäude«, sagte Tschato zu Daniel.

Die drei Umweltangepaßten konnten unter irdischen Bedingungen leben, ohne irgendwelche Schutzmaßnahmen ergreifen zu müssen. Tschato fragte sich, ob sich die Terraner auf Tigris durch diesen Umstand nicht zurückgesetzt fühlten. Obwohl die Menschheit bereits gelernt hatte, kosmisch zu denken, kam es immer noch zu Streitigkeiten zwischen einzelnen Gruppen.

Daniel zeigte Tschato den Weg.

Durch eine Luftschleuse gelangten sie in das Verwaltungsgebäude. Tschato war froh, daß er die Atemmaske abnehmen konnte. Warme Luft schlug ihm entgegen.

»Möchten Sie mit den anderen Männern sprechen?« erkundigte sich Daniel.

Sie standen inmitten eines großen Raumes. Zwei längliche Deckenleuchten erhellten ihn gleichmäßig. Das Licht ließ Daniels Gesicht noch hagerer erscheinen, die Kanten traten scharf hervor.

Es schien Tschato, als atmete der Umweltangepaßte jetzt langsamer.

»Ich glaube, das wird nicht nötig sein«, sagte Tschato. »Ist es möglich, daß ich die Ankunft der DELLARD vom Kontrollraum aus beobachten kann?«

»Natürlich«, antwortete Daniel bereitwillig.

Sie durchquerten einen Gang und kamen in ein zweites Zimmer. Tschato sah zwei uniformierte Terraner, die mit schriftlichen Arbeiten beschäftigt waren. Sie grüßten stumm. Tschato vermochte keine Anzeichen von Nervosität bei ihnen festzustellen. Er war fast davon überzeugt, daß niemand der auf Tigris stationierten Männer etwas von den Kindern wußte.

An kleinen Kabinen vorbei gelangten Daniel und Tschato in den Kontrollraum. Tschato erkannte sofort, daß die Ausrüstung gerade ausreichte, um jeden Zwischenfall während einer Landung zu vermeiden. Es gab weder weitreichende Ortungsgeräte noch Massetaster. Zwei Bildschirme waren über den Funkgeräten angebracht. Immerhin gab es Hyperfunk.

Daniel räusperte sich verlegen.

»Die Ausrüstung wird Ihnen nicht sehr vollkommen erscheinen«, sagte er.

»Das stimmt«, entgegnete Tschato.

»So sieht es auf den meisten Zwischenstationen aus. Die Ausrüstung wird aus psychologischen Gründen einfach gehalten. Die Kolonien sollen sich nicht beobachtet vorkommen.«

Tschato wußte, wie empfindlich verschiedene Kolonisten waren.

»Schalten Sie bitte die Bildschirme ein«, sagte er zu Daniel.

Der Leiter der Niederlassung betätigte einige Schalter.

Auf einem Gerät wurde der Landeplatz sichtbar. Tschato konnte einen Teil der LION erkennen. Daniel verstellte das Bild, bis der Schlachtkreuzer die Mattscheibe voll ausfüllte.

»Stellen Sie das Gerät so ein, daß wir die DELLARD von hier aus beobachten können«, ordnete Tschato an.

Daniels schlanke Finger glitten über die Kontrollen. Das Bild wechselte wie ein ablaufender Film.

Tschato spürte, daß er von einer nie gekannten Unruhe ergriffen wurde. Ein Blick auf die Uhr zeigte ihm, daß die DELLARD erst in einer halben Stunde landen würde. Er dachte an Picot. Seit die DELLARD von Terrania aus gestartet war, stand der Erste Offizier der LION unter dem Einfluß des Hypnosenders. Erst in knapp vier Stunden würde sich der von M'Nutter angefertigte Verstärker ausschalten.

Daniel schob dem Oberstleutnant einen Stuhl zu.

Tschato nahm Platz. Er hörte, wie der Umweltangepaßte den Raum verließ. Es wäre ihm lieber gewesen, wenn Daniel bei ihm geblieben wäre. Tschato schüttelte unbewußt den Kopf. Er durfte sein Mißtrauen nicht auf die Männer dieser Station ausdehnen.

Die DELLARD war auf einer Springer-Werft gebaut worden. Das Schiff besaß Walzenform. Viele Raumfahrtgesellschaften benutzten Walzenschiffe als Frachter. Bei diesen Transportschiffen kam es nicht so sehr auf die Geschwindigkeit als auf das Fassungsvermögen und die Zuverlässigkeit an.

Durch den Ankauf von Walzenschiffen bei den Springern wurden die Werften des Imperiums entlastet, die vor allem Wach- und Forschungsschiffe herstellen mußten. Das Imperium dehnte sich ständig weiter aus, so daß die Verantwortlichen die einzelnen Verbände in immer weiter entlegene Gebiete der Galaxis schicken mußten.

Nome Tschato verfolgte die Landung der DELLARD. Daniel stand jetzt wieder neben ihm. Der Leiter der Station hatte bereits mit dem Kommandanten der DELLARD gesprochen. Nach den Worten des Kapitäns war an Bord des Frachters alles in Ordnung. Das konnte nur bedeuten, daß Picot unentdeckt auf dem Schiff weilte.

Tschato sah, wie die Landestützen des Frachters sich auf den vorgesehenen Platz herabsenkten. Die Robottransporter erschienen auf der Bildfläche. Die große Verladeschleuse des

Frachters öffnete sich. Dann setzte die DELLARD endgültig auf. Die Ausleger der Kräne glitten aus der Schleuse. Die ersten Lasten senkten sich auf die Robotfahrzeuge herab.

Tschato beobachtete, wie der Landesteg von einer kleineren Schleuse ausgefahren wurde. Drei Männer erschienen. Tschato betrachtete sie sorgfältig, aber er erkannte sofort, daß Picot nicht bei ihnen war.

»Ich muß jetzt die Lieferscheine entgegennehmen«, sagte Daniel und ging hinaus.

Tschatos Aufmerksamkeit galt jetzt wieder dem Frachtgut. War es möglich, daß Picot sich in einer Kiste verkrochen hatte? Die zehn Männer, die Tschato um den Landeplatz der DELLARD verteilt hatte, würden genau aufpassen, wohin die Waren gebracht wurden.

Kurze Zeit darauf sah Tschato, wie Daniel die drei Männer von der DELLARD begrüßte. Tschato hatte dem Umweltangepaßten eingeschärft, den Grund für das Hiersein der LION nicht zu verraten. Er wollte nicht, daß von der Besatzung der DELLARD Gerüchte verbreitet wurden.

Die drei Raumfahrer folgten Daniel zum Aufenthaltsgebäude. Tschato konzentrierte sich wieder auf das Entladen des Frachters. Plötzlich sah er, daß am Ausleger eines Krans ein Mann hing. Ein kleiner, krummbeiniger Mann, der sich mit einem Arm in die Trosse gehängt hatte und langsam in die Tiefe sank.

»Picot!« erfuhr es Tschato.

Einen Augenblick noch starrte er auf das Bild, dann stürmte er aus dem Raum. Als er ins Freie kam, rannte er fast über Daniel und seine Begleiter. Der Umweltangepaßte bewies gute Nerven. Er tat, als sei das Auftauchen des Afrikaners nichts Ungewöhnliches und schob die drei Männer von der DELLARD durch den Eingang.

Tschato rannte quer über das Landefeld. Ohne Atemmaske mußte er um Luft ringen. Er konnte die Verladeschleuse sehen, doch der Kran hatte seine menschliche Last bereits abgesetzt. Zwei vollbeladene Robotfahrzeuge glitten an

Tschato vorbei. Er überzeugte sich, daß Picot sich nicht auf einer Ladefläche versteckt hatte.

Als Tschato die DELLARD fast erreicht hatte, kam ihm einer der als Wächter eingesetzten Raumfahrer entgegen. Es war Roge Pentecott, ein junger Techniker.

»Wir haben ihn!« rief er Tschato zu.

»Ihr solltet ihn nicht festnehmen, sondern verfolgen«, knurrte Tschato.

»Sie mißverstehen mich, Sir«, verbesserte Pentecott. »Wir sind auf seiner Spur.«

»Wohin geht er?« fragte Tschato.

Pentecott zeigte auf die Wüste hinaus. »Er benutzt den direkten Weg«, erklärte er. »Allerdings achtet er darauf, daß die DELLARD zwischen ihm und dem Kontrollgebäude bleibt.«

»Ohne Atemmaske kann er nicht weit kommen«, sagte Tschato. »Wer folgt ihm?«

»Bisher noch niemand, Sir«, erwiderte der Techniker. »Da keiner von uns einen Deflektor bei sich trägt, könnte er uns sehen, wenn wir ihm zu früh folgen.«

Tschato biß sich auf die Unterlippe. Er hätte daran denken müssen, die zehn Männer mit Deflektoren auszurüsten. Durch die Geräte unsichtbar gemacht, hätten sie Picot unmittelbar folgen können. So mußten sie warten, bis er hinter dem Wall verschwunden war. Das verhalf ihm zu einem Vorsprung von einigen hundert Metern.

Tschato änderte die Richtung und rannte auf die LION zu.

»Was haben Sie vor, Sir?« erkundigte sich Pentecott, der direkt hinter ihm blieb.

Tschato gab keine Antwort, sondern schaltete sein Armbandfunkgerät ein. Sofort meldete sich Captain Walt Heintman, der den Befehl in der Zentrale der LION übernommen hatte.

»Schicken Sie ein paar Männer mit Fluganzügen heraus, Walt«, befahl Tschato. »Sie sollen einen Anzug für mich mitbringen. Denken Sie an Waffen und Deflektoren.«

Heintman bestätigte. Ungeduldig starrte Tschato zur Hauptschleuse der LION hinauf. Es dauerte zwei Minuten, bis die ersten Männer, riesigen Insekten gleich, auf den Landeplatz herabflogen. Sie steuerten auf Tschato und Pentecott zu.

»Was soll ich tun, Sir?« wollte der Techniker wissen, als der Kommandant der LION blitzschnell einen Anzug anlegte.

»Gehen Sie mit den anderen an Bord der LION zurück. Vielleicht müssen wir schnell starten. Heintman soll Aargos Daniel von dieser Möglichkeit unterrichten.«

Tschato schaltete das Flugaggregat ein und hob sich vom Boden ab. Pentecott blieb mit unglücklichem Gesicht unter ihm zurück. Als Tschato eine Höhe von sechs Metern erreicht hatte, ließ er sich davontreiben. Sieben bewaffnete Männer folgten ihm. Sie schwebten auf die DELLARD zu. Tschato konnte jetzt den gesamten Landeplatz überblicken. Als sie an dem Frachter vorbeiflogen, sah er Dan Picot. Der Offizier war ein dunkler Punkt, der langsam auf der anderen Seite des Sandwalls hinabkletterte.

Tschato beschleunigte. Er hielt es für überflüssig, den Männern zu befehlen, die Deflektoren einzuschalten, denn Picot blickte weder zurück noch in den dunkelblauen Himmel hinauf. Er schien sich völlig sicher zu fühlen.

Plötzlich jagte flach über der Wüste ein ovaler Flugkörper von ungefähr zwanzig Meter Länge heran. Er flog so dicht am Boden, daß er von den Gebäuden aus nicht zu erkennen war, denn er blieb unterhalb des Sandwalls.

Tschato stieß eine Verwünschung aus und beschleunigte abermals. Er sah, daß Picot zu rennen begann. Der unbekannte Flugkörper stoppte abrupt seine Fahrt. Picot verschwand in einer Öffnung auf der für Tschato unsichtbaren Seite.

Der Oberstleutnant mußte erkennen, daß sie zu spät kommen würden. Das fremde Flugzeug schoß davon – mit Dan Picot an Bord. Tschato hoffte, daß es von den Ortungsgeräten der LION aufgespürt wurde.

»Los!« rief er. »Zurück zur LION!«

Er beobachtete, wie Daniel aus dem Verwaltungsgebäude kam und auf die LION zurannte. Offenbar hatten auch die Männer in der Station etwas von dem Zwischenfall bemerkt. Tschato verspürte wenig Lust, lange Erklärungen abzugeben. Außerdem mußten sie sofort die Verfolgung des seltsamen Flugkörpers aufnehmen.

Picot war verschwunden, aber Tschato bezweifelte, daß der tollkühne Flug der unbekannten Maschine beabsichtigt war. Wer immer das fremde Flugzeug befehligte, mußte entdeckt haben, daß irgend etwas nicht in Ordnung war. Das bedeutete höchste Gefahr für die Kinder und Dan Picot.

Tschato lächelte grimmig. Die LION würde die Verfolgung der mysteriösen Maschine aufnehmen. Vielleicht handelte es sich sogar um ein Raumschiff.

Noch während des Starts der Lion würde Rhodan einen Bericht zur Erde senden. Endlich gab es einen Anhaltspunkt, von dem Rhodan erfahren mußte. Außerdem war jetzt ein günstiger Augenblick für den fälligen Bericht. Rhodan konnte nicht riskieren, Tschato zurückzurufen, denn das würde dem Verlust der aufgenommenen Spur gleichkommen.

Mercant an Rhodan:

Ich halte es für besser, wenn wir sofort einen kleineren Verband nach Tigris schicken. Tschatos Bericht ist äußerst beunruhigend. Auf jeden Fall sollten wir einige Spezialisten auf Tigris einsetzen, die mit genauen Untersuchungen beginnen.

Rhodan an Mercant:

Nome Tschato berichtete nur von einem kleineren Raumschiff, das er jetzt verfolgt. Ich glaube nicht, daß eine unmittelbare Gefahr für die Niederlassung auf Tigris besteht.

Mercant an Rhodan:

Sie wollen also nichts unternehmen und Tschato die Verfolgung überlassen?

Rhodan an Mercant:

Tschato ist am Drücker. Warum sollte ich ihn zurückrufen?

Mercant an Rhodan:
Ich halte den Zeitpunkt des Berichtes für geschickt gewählt, Sir.
Rhodan an Mercant:
Ich stimme Ihnen zu. Ich halte es ebenfalls für angebracht, daß ein Kommando der Abwehr nach Tigris fliegt und die dortigen Verhältnisse genau untersucht. Mehr möchte ich im Augenblick in dieser Angelegenheit nicht unternehmen, zumal keine weiteren Kinder verschwunden sind.
Mercant an Rhodan:
Was kann Sie beeinflussen, Ihre Meinung zu ändern, Sir?
Rhodan an Mercant:
Nichts – außer einem Bericht Tschatos, in dem er uns mitteilt, daß er von mehreren fremden Raumschiffen angegriffen wird.

Teil eines Funkgespräches zwischen
Perry Rhodan und Allan D. Mercant am 8. 7. 2341

M'Nutters Verstärker schaltete sich genau nach vierundzwanzig Stunden aus. Dan Picot wurde sich seines Egos wieder bewußt.

Sein erster Gedanke war: *Ich muß an Bord der DELLARD sein.*

Dann: *Dies ist nicht die DELLARD!*

Er erschrak wie niemals zuvor in seinem Leben. Es war ein Gefühl, als stände er schwankend am Rande eines bodenlosen Abgrundes.

Wo, um Himmels willen, bin ich? dachte er.

Er kämpfte seine Furcht nieder und richtete sein Augenmerk auf die fremdartige Umgebung. Der Boden, auf dem er mit unsicheren Beinen stand, war leicht gewellt. Diese eigenartige Form und seine dunkelgelbe Farbe ließen ihn wie erstarrte Lava aussehen. Über Picot wölbte sich eine Decke aus grellen Lichtmustern, die sich ständig veränderten. Der Raum, der Picot umschloß, schien ins Nichts zu führen, aber das war eine optische Täuschung, die durch die seltsam geformten Wände entstand.

Picot kniff die Augen zusammen, er spürte, wie das Blut gegen seine Schläfen hämmerte.

Außer ihm befand sich niemand innerhalb dieses Raumes.

Picot machte einen Schritt nach vorn. Der wellige Boden geriet in Bewegung, schluckte jedes Geräusch und dehnte sich unter Picots Füßen wie ein lebendes Wesen. Picot ging wie auf Schaumstoff. Die Decke versprühte Lichtkaskaden.

An den Stellen, wo die Wände aufhörten und die Decke begann, erkannte Picot dicke Wülste, die eine Art Rahmen bildeten.

Da begriff der Raumfahrer, daß er auf einen Bildschirm blickte. Die farbige Decke zeigte eine Projektion des Weltraums.

Ich bin an Bord eines Raumschiffes, dachte Picot entsetzt. Aber es war nicht die DELLARD. Der Flugkörper, auf den ihn Unbekannte verschleppt hatten, mußte mit mehrfacher Lichtgeschwindigkeit fliegen, denn die Sternengruppen auf dem eigenartigen Bildschirm glichen farbigen Schnittmusterbogen.

Picot blieb stehen und lauschte. Es war vollkommen still. Er hörte nur das Schlagen seines Herzens und das Geräusch seines Atems. Das verwirrte ihn noch mehr. Das Summen einer Maschine, das Knacken überbeanspruchten Metalls, oder irgendein anderer Laut, der für ein Raumschiff typisch war, hätten Picot beruhigt.

Picot bewegte sich seitwärts, bis er mit ausgestreckten Händen eine Wand berühren konnte. Sie war so weich wie der Boden, doch als er den Druck seiner Finger verstärkte, verhärtete sie sich.

Eigenartig, dachte Picot.

Er lehnte sich mit dem Oberkörper dagegen. Die Wand bildete eine Mulde, in der er bequem stehen konnte, doch dann gab sie nicht weiter nach. Picot versuchte, mit den Fingernägeln etwas Material abzukratzen, doch er fand keinen Halt.

Der gesamte Raum erinnerte Picot an ein großes Schlauchboot, mit dem er einmal einen See überquert hatte.

»Ich muß einen Ausweg finden«, murmelte Picot vor sich hin. Der Klang seiner eigenen Stimme erschreckte ihn.

Wohin er auch blickte, die Wände sahen überall gleich aus. Fugenlos schienen sie ineinander überzugehen. Es gab keine scharfen Ecken, sondern halbrunde Verbindungen, an denen sich die Wände tangential anschlossen.

Einen Augenblick dachte Picot daran, M'Nutters Verstärker wieder einzuschalten. Das hätte ihm alle Schwierigkeiten erspart. Statt dessen arbeitete er sich weiter vor. Er lernte es rasch, auf dem weichen Boden zu gehen. Er zählte seine Schritte. Als er bei sieben war, hatte er die nächste Wand erreicht. Er ließ eine Hand an ihr entlang gleiten, um jede Unterbrechung zu spüren.

Plötzlich griff er ins Leere. Er taumelte seitwärts aus dem Raum hinaus.

Vor seinen Augen lag ein Zimmer, das jenem, das er soeben verlassen hatte, fast vollständig glich.

Picot blieb mit hängenden Schultern stehen.

Vor ihm am Boden saßen sieben verwahrlost aussehende Kinder. Zwei schauten Picot an – und an ihm vorbei. Über ihren Köpfen schwebten drei Hypnoseschiffchen. Sie sahen genauso aus wie der winzige Flugkörper, der in Picots Tasche steckte.

»Hallo, Kinder!« krächzte Picot.

Sie reagierten nicht. Stumm saßen sie da, mit blassen, hohlwangigen Gesichtern. Picot fühlte dumpfe Wut in sich aufsteigen. Seine Augen suchten irgend etwas, woran er seinen Zorn auslassen konnte.

Er ging auf einen Jungen zu und ließ sich neben ihm nieder.

Sanft berührte er die Schulter des Kindes.

»Wie heißt du?« fragte er leise.

Der Junge bewegte sich nicht. Picot sprang auf und griff nach einem Hypnoseschiffchen. Es entglitt blitzschnell seinen Fingern. Picot untersuchte die Taschen des Jungen, fand aber nichts, womit er dessen Identität hätte feststellen können.

Er sprach die Kinder nacheinander an, doch sie beachteten ihn nicht.

Es war, als lebten sie in einer völlig anderen Welt. Picot schien für sie nicht zu existieren. Sie mußten vollkommen ausgehungert sein. Das Bewußtsein, daß er ihnen nicht helfen konnte, war für Picot niederschmetternd.

Tschato fiel ihm ein. Wo befand sich die LION? Verfolgte das terranische Schiff diesen unbekannten Flugkörper?

Hoffentlich hatte Tschato die Spur Picots nicht verloren. Picot dachte an die Möglichkeit, daß er vielleicht nie mit der DELLARD auf Tigris angekommen war. Er wußte nicht, was geschehen war, als er unter dem Einfluß des verstärkten Hypnosesenders gestanden hatte.

Den Kindern erging es nicht anders. Picot sah ein, daß er sich nicht mit ihnen in Verbindung setzen konnte, solange die drei Schiffchen im Raum waren. Es war jedoch unmöglich, diese kleinen Flugobjekte zu vernichten.

Picot beschloß, auch diesen Raum zu untersuchen. Vielleicht entdeckte er dabei den Zugang zum Kontrollraum. Er nahm an, daß er irgendwo an Bord jemand geben mußte, der das Raumschiff steuerte. Von der Größe des Schiffes konnte sich Picot keine Vorstellungen machen. Er glaubte nicht, daß es zur Flotte eines Volkes gehörte, das bereits mit dem Imperium Verbindung aufgenommen hatte. Es mußten völlig unbekannte Wesen sein, die sich der Kinder bemächtigt hatten.

Während Picot wieder an den Wänden entlang ging, überlegte er, was die Unbekannten mit den Kindern vorhatten. Wollten sie von ihnen Informationen erhalten oder hatten sie vor, die Kinder als Versuchsobjekte zu benutzen?

Beides erschien Picot unwahrscheinlich.

Wieder fand er eine Unterbrechung in der Wand. Diesmal war er darauf vorbereitet und strauchelte nicht. Vorsichtig trat er durch den unsichtbaren Eingang in den nächsten Raum.

Vor ihm lag eine Maschine.

Picot gab einen erstickten Laut von sich, als er das Gewirr von Drähten, Spulen, Bolzen, Scheiben, Rädern und Schaltungen erblickte. Es gab nicht eine einzige Verkleidung. Die Maschine bildete einen kompakten Klotz, der den Raum vor Picot fast völlig ausfüllte.

Die Maschine arbeitete lautlos. Alle ihre Teile waren in Bewegung.

Sie liegt offen vor mir, dachte Picot benommen. Er machte einen weiteren Schritt auf das Gebilde zu.

Ich könnte alles zerstören! schoß es Picot durch den Kopf.

Mit ausgebreiteten Armen ging er weiter – bis er gegen ein unsichtbares Hindernis prallen und zurückgeschleudert wurde.

»Gehen Sie weg!« sagte jemand unmittelbar hinter Picot.

Der Raumfahrer erstarrte. Langsam wandte er sich um.

Eines der Kinder, ein unglaublich schmutziger Junge, stand im Eingang. Picot starrte ihn sprachlos an.

»Du kannst sprechen!« stieß er hervor. »Du kannst dich mit mir unterhalten.«

»Gehen Sie weg!« sagte der Junge wieder, ohne Picot anzublicken.

Picot begriff, daß es nicht der Junge war, der zu ihm sprach, sondern ein Unbekannter, der das Hypnoseschiffchen benutzte, um ihm über den Jungen einen Befehl zu geben.

»Wo sind Sie?« brachte Picot hervor. »Ich will mit Ihnen reden!«

Der Junge zog sich in den anderen Raum zurück. Picot stürzte hinter ihm her. Er sah, daß sich das Kind wieder auf den Boden niederließ. Mit zusammengebissenen Zähnen beugte er sich zu ihm hinab und schüttelte es.

»Wo sind Sie?« schrie er.

Der Junge sah ihn ausdruckslos an.

Picot ließ ihn los. Er fühlte sich niedergeschlagen. Trotzdem kämpfte er gegen die ansteigende Verzweiflung an. Irgendwann, das ahnte er, würde er den unbekannten Entführern gegenüberstehen. Dann mußte er gewappnet sein.

Wenn es nur eine Möglichkeit gegeben hätte, sich mit Tschato in Verbindung zu setzen. Picot glaubte nicht, daß ihr Plan völlig fehlgeschlagen war. Vielleicht hatte Tschato ihn mit voller Absicht an Bord dieses Schiffes gehen lassen.

Picot hockte sich neben den Kindern auf den Boden. Sein Mitgefühl konnte ihnen nicht helfen. Er konnte ihnen noch nicht einmal etwas zum Essen geben.

»Kennt ihr Nome Tschato?« fragte er die Kinder.

Sie bewegten sich nicht.

»Er wird euch helfen«, versprach Dan Picot. »Verlaßt euch darauf, er wird euch helfen.«

6.

Das Universum war ein Reich verlockender Töne. Und er, der Meisterhörer, ein Virtuose in der Handhabung hoher Schwingungen, war aus diesem Reich ausgeschlossen.

Was bis zu ihm in den Behälter drang, waren dumpfe, brutale Geräusche. Mahlen und Stampfen, Donnern, Brummen, Poltern und Brausen, das alles vermochte er noch zu hören. Doch diese Laute konnte er nicht verwerten.

Es fehlte das feine Singen, das ferne Wispern des Windes, der über die Wälder strich und jenes unvergleichliche Rauschen verursachte, das nur von einem Meisterhörer wahrgenommen werden konnte.

Kut-Ter litt in seinem Behälter. Seine Schwingungsmembrane wurde durch nichts mehr angeregt. Sie verkümmerte zusehends. Die Wände des Behälters, vor allem jedoch die Nährflüssigkeit, fingen alle von draußen kommenden Geräusche ab. Nur die dumpfen Töne der unteren Schwingungsbereiche drangen bis zu Kut-Ter durch.

Das Leben innerhalb des Behälters war für Kut-Ter schlimmer als die Gefangenschaft an Bord des großen Forschungsschiffes. Und je länger er sich darin aufhielt, desto geringer wurde seine Hoffnung, jemals wieder herauszukommen.

Kut-Ter verzweifelte fast an der Tatsache, daß er die Alleinschuld an seinem Unglück trug. Er hatte das große Schiff zum Absturz gebracht, als er gleichzeitig alle Maschinen mit ultrahohen Schwingungen angegriffen hatte.

Am Ende der Reise hätte ihn der Tod erwartet. Er sollte hingerichtet werden, weil er seine Fähigkeiten als Meisterhörer für kriminelle Zwecke mißbraucht hatte.

Dreitausend Wesen hatten sterben müssen, damit Kut-Ter weiterleben konnte.

Leben! Für Kut-Ter war es nicht mehr als ein Dahinvegetieren in völliger Hilflosigkeit.

Zu spät hatte er herausgefunden, daß seine Schwingungsmembrane innerhalb des Behälters von allen Tönen des oberen Bereiches abgeschlossen sein würde. So hatte er sich ungewollt in Trayschs Macht gegeben.

Traysch kontrollierte die Behälter. Traysch kontrollierte die Roboter. Und Traysch kontrollierte Kut-Ter.

Doch Traysch war lange nicht so schlimm wie Seth. Bevor sie in die Behälter gegangen waren, hatte Seths fürchterliches Brüllen jedesmal einen langanhaltenden Schock in Kut-Ter ausgelöst. Niemals zuvor in seinem Leben hatte Kut-Ter so schreckliche Töne wahrgenommen. Damals hatte er begonnen, Seth zu hassen. Der Haß erhielt seinen Lebenswillen.

Kut-Ter fragte sich immer wieder, wie es möglich war, daß sich ein Wesen wie Seth an Bord des Forschungsschiffes aufgehalten hatte. Vergeblich dachte er darüber nach, welche Aufgabe dem Ungeheuer zugekommen sein konnte. Keiner der Forscher hatte ein derartiges Versuchstier mitgenommen. Außerdem konnte man Seth eine gewisse Intelligenz nicht absprechen. Es gab strenge Vorschriften, die das Experimentieren mit intelligenten Wesen verboten.

Kut-Ter war entschlossen, den Behälter sobald wie möglich wieder zu verlassen. Er durfte nicht mehr lange warten, denn sein Körper begann sich innerhalb der Nährflüssigkeit bereits zu verformen. Traysch hatte prophezeit, daß irgendwann in der Zukunft nur noch die lebenswichtigen Organe ihre ursprüngliche Form behalten würden. Der übrige, nutzlos gewordene Körper würde eine Masse wuchernden Fleisches bilden.

Kut-Ter war sich darüber im klaren, daß er nur noch kurze Zeit leben würde, sobald er sich wieder im Freien befand. Er würde jedoch lange genug aushalten, um über die Oberfläche dieses Planeten zu wandern und alle ihre feinen Schwingungen in sich aufzunehmen. Er, der Meisterhörer, wollte ein würdiges Ende finden.

Kut-Ter wußte, daß er nur dann den Behälter verlassen konnte, wenn es ihm gelang, Traysch zu überlisten. Solange die Station von Robotern kontrolliert wurde, gab es für den Oneten wenig Hoffnung.

Zwei der Raumgleiter waren jedoch unterwegs. Kinder fremder Wesen sollten die ausgefallenen Roboter ersetzen. Kut-Ter wartete sehnsüchtig auf die Ankunft dieser Schiffe.

Er glaubte fest daran, daß sich alles verändern würde, wenn Traysch nicht mehr über die Roboter verfügte, die völlig unter seiner Kontrolle standen. Kut-Ter vermutete, daß Traysch heimlich verschiedene Sicherheitsmaßnahmen getroffen hatte. Wahrscheinlich wollte der Laagor seine Machtposition ausbauen. Das berührte Kut-Ter wenig. Je stärker sich Traysch fühlte, desto sicherer mußte er sich vorkommen. Irgendwann würde seine Aufmerksamkeit nachlassen. Diesen Augenblick wollte Kut-Ter nutzen.

Trayschs Gedankenbilder verrieten deutlich die Nervosität des Laagor.

Der erste Raumgleiter wird bald landen, sendete Traysch. *Die Roboter werden die Kinder sofort in die Station bringen.*

Kut-Ter versuchte, sich die Nachkommen jener unbekannten Wesen vorzustellen, die in naher Zukunft die Arbeit der Roboter übernehmen sollten. Er konnte die Geschehnisse außerhalb des Behälters nur schwer verfolgen. Wenn ein Roboter vor Kut-Ters Behälter vorbeiging, erschien er dem Oneten als undeutlicher Schatten. Die Behälterwände waren zwar durchsichtig, doch die trübe Nährflüssigkeit verzerrte jeden Körper ins Groteske.

Kut-Ter fragte sich, ob Traysch unter den gleichen Schwierigkeiten litt oder bereits einen Weg gefunden hatte, alles genau zu beobachten.

Die Kinder werden verwirrt und hungrig sein, fuhr Traysch fort. *Wir dürfen sie nicht zu sehr strapazieren.*

Werden wir uns telepathisch mit ihnen verständigen können? fragte Kut-Ter.

Der Laagor verneinte. *Selbst dann, wenn es sich um natürliche Telepathen handeln sollte, werden wir uns nicht mit ihnen verständigen können. Unsere einzige Möglichkeit, ihnen Aufträge zu erteilen, bilden die Raumspione und die beiden Sender innerhalb der Station.*

Kut-Ter erinnerte sich, daß ihre eigenen telepathischen Fähigkeiten nicht angeboren waren. Traysch hatte einen Weg gefunden, ihre Gedankenwellen zu verstärken, so daß sie sich mit Hilfe der elektronischen Anlagen der Behälter verständigen konnten. Die Impulse wurden in Symbole verwandelt und unmittelbar im Gehirn des Empfängers projiziert.

Sollten sie jemals die Behälter verlassen, würde diese Kontaktmöglichkeit abreißen.

Kut-Ter versuchte einen Gedanken Seths zu erhaschen, doch das Wesen hatte sich völlig abgeschirmt. Die animalische Furcht Seths erregte Kut-Ter aufs äußerte. Sie schien ihm der sicherste Beweis für den unentwickelten Verstand Seths zu sein.

Seth belauschte die Unterhaltungen der beiden Wissenschaftler. Kut-Ter bezweifelte, daß Seth viel davon verstand. Sie gab sich auch keine Mühe, Verständnis zu zeigen.

Der Onete war gespannt, wie Seth auf das Erscheinen der Kinder reagieren würde. Er erhoffte sich davon Aufschluß über Seths Mentalität.

Innerhalb des ersten Raumgleiters, den sie zurückerwarteten, hielten sich zwölf Kinder auf. Sie standen völlig unter dem Einfluß der Raumspione.

Wir müssen alles über die Lebensgewohnheiten der Kinder lernen, wenn wir sie nicht verlieren wollen, sendete Traysch. *Wir müssen herausfinden, ob sie Ruhepausen benötigen und ob die Nährflüssigkeit genügt, um sie am Leben zu erhalten.*

Kut-Ter mußte sich zum Zuhören zwingen. Die fremden Wesen waren ihm im Grunde gleichgültig. Er erhoffte sich von ihnen lediglich so viel Unruhe, daß er es wagen konnte, gegen Trayschs Pläne zu rebellieren. Er fühlte weder Mitleid noch Haß für die unbekannten Kreaturen. Er glaubte, sie bereits vor sich zu sehen, jung und unerfahren, voller Angst vor dem Unbekannten, mit dem sie konfrontiert wurden.

Vielleicht waren sie noch nicht einmal stark genug, der seelischen Belastung standzuhalten.

Entweder spürte Traysch Kut-Ters Interesselosigkeit, oder er war vollauf mit der Ausführung seiner Pläne beschäftigt: auf jeden Fall stellte er seine Sendungen ein.

Kut-Ter sah den riesig wirkenden Schatten eines Roboters vor dem Behälter vorbeigleiten. Gleich darauf folgten drei weitere Automaten. Ihr Ziel war offensichtlich der Haupteingang der Station.

Trayschs stumme Diener traten in Aktion. Die Ankunft des ersten Raumgleiters schien kurz bevorzustehen.

Kut-Ter bedauerte, daß er in diesem Behälter lag, sonst hätte er die Landung hören können. Das gequälte Kreischen komprimierter Luft, das Knirschen des Sandes, wenn die Landestützen aufsetzten, das waren die Töne, die ein Meisterhörer mit seiner Schwingungsmembrane aufnehmen konnte.

Kut-Ter erschauerte. Sein zahnloser Mund bewegte sich, als wollte er sich öffnen. Er spürte, wie seine Schwingungsmembrane in trügerischer Erwartung erzitterte.

Doch kein einziger Ton der oberen Schwingungsbereiche kam zu ihm durch.

Die Membrane erschlaffte. Kut-Ter stieß mit seinen Spinnenfingern hilflos gegen die Behälterwände.

Von draußen kam ein dumpfes Dröhnen.

Kut-Ters Gesicht verzerrte sich.

Er hatte dreitausend Wesen umgebracht, um in dieser Hölle zu leben.

Die Impulse kamen vom dritten Gleiter.

Einen Augenblick verharrten Trayschs Hände auf den Anschlüssen, als seien sie angefroren.

An Bord des dritten Gleiters befanden sich sieben Kinder.

Sie standen ausnahmslos unter dem Einfluß der umgebauten Raumspione.

Doch die Kinder waren nicht allein im Schiff. Über Lichtjahre hinweg erreichten die Hyperimpulse Trayschs Geräte.

Es hielt sich noch ein Wesen an Bord auf, ein Unbekannter, der sich den Hypnosesendern entzogen hatte.

Eine Falle! dachte der Laagor bestürzt. *Jemand hat uns eine Falle gestellt.*

Während des Starts hatten die Geräte des dritten Raumgleiters geschwiegen. Alles schien planmäßig zu verlaufen. Dann, nachdem der Planet schon Lichtjahre zurücklag, kam plötzlich die Warnung. Das bedeutete, daß dieses Wesen sich erst an Bord gegen die Hypnose aufgelehnt hatte.

Seit er mit der Ausführung des Planes begonnen hatte, erwartete Traysch einen Rückschlag. Obwohl dieses Geschehnis überraschend kam, war der Laagor auch darauf vorbereitet. Er konnte den Raumgleiter sofort zerstören, indem er ihn in die nächste Sonne steuerte.

Er *konnte* es tun.

In seiner Bestürzung hätte er fast den entscheidenden Befehl zur Richtungsänderung gegeben. Doch er besann sich rechtzeitig. Gewiß, ein fremdes Wesen, das sich stärker als die kleinen Hypnoschiffe erwies, hielt sich an Bord des Gleiters auf. Das besagte jedoch wenig.

Traysch dachte fieberhaft nach. Die Gefahr, die von dem Unbekannten ausging, konnte unter Umständen groß sein, aber er handelte sich schließlich nur um einen Einzelgänger. Traysch begann zu bezweifeln, daß es sich um eine gezielte Aktion handelte. Wahrscheinlich war das fremde Wesen durch einen Zufall an Bord gekommen. Es hatte einige Zeit gebraucht, um sich dem Einfluß der Hypnosesendungen zu entziehen.

Nichts deutete darauf hin, daß der Fremde die Kontrolle über den Flug des Gleiters übernehmen konnte. Er würde zusammen mit den Kindern auf dieser Welt landen und von den Robotern in die Station gebracht werden. Die Hypnosesender, die wesentlich stärkere Impulse als die Raumspione ausstrahlten, konnten ihn wieder unter Kontrolle nehmen. Aber auch dann, wenn dies nicht funktionieren sollte, gab es immer noch die Roboter, die den Unbekannten töten konnten.

Mehr und mehr wich Trayschs Bestürzung einem lebhaften Interesse.

Der Hypersender des Raumgleiters schickte eine neue Warnung.

Die Kreatur hatte den Maschinenraum betreten.

Obwohl Traysch wußte, daß das Triebwerk hinter einem Schutzschirm lag, wurde er wieder unruhig. Sollte das Schiff angegriffen werden? Er wartete einen Augenblick, bis er seine Befehle an das Steuergehirn des Raumgleiters sendete.

Vielleicht gehörte das Intelligenzwesen zum gleichen Volk wie die gefangenen Kinder. Dann konnte man ihm befehlen, den Maschinenraum zu verlassen. Kurz darauf kam die Bestätigung. Trayschs Befehle waren nicht nur ausgeführt worden – sie zeigten auch Erfolg.

Der Unbekannte verließ den Maschinenraum.

Eine Zeitlang verharrte Traysch bewegungslos.

Er fühlte Müdigkeit in sich aufsteigen. Seit das Schiff explodiert war, hatte er ununterbrochen geplant, gearbeitet und nachgedacht. Er hatte mehr vollbracht, als er je für möglich gehalten hätte.

Plötzlich konnte er sich vorstellen, wie sein dupliziertes Ich vor dem Behälter stand und ihn betrachtete. Er sah sich mit aller Deutlichkeit in der Nährflüssigkeit liegen.

Trayschs Pseudoaugen blickten das Etwas im Behälter an.

Und der *Zuschauer* Traysch wunderte sich über Traysch.

Da liege ich, dachte er. *Ein Planer, ein Former, ein unübertrefflicher Wissenschaftler. Ich habe Gewaltiges geschaffen, aber es ist nutzlos, wenn niemand aus meinem Volk davon hören und daran teilnehmen kann.*

Er mußte zu seiner Heimatwelt zurückkehren, damit alle erfuhren, was Traysch geleistet hatte.

Zuschauer Traysch verflüchtigte sich. Traysch überwand die Müdigkeit und wandte sich wieder den Kontrollen zu. Sein Verstand begann logisch zu arbeiten, gewissenhaft wie eine Maschine.

Die Geräte empfingen Impulse vom ersten Gleiter. Er näherte sich bereits dem Planeten.

Zwölf Kinder! Zwölf formbare Wesen. Traysch spürte jeden einzelnen Kabelanschluß, der in seinen Körper führte. Aus jeder dieser künstlich geschaffenen Öffnungen schien seine Lebenskraft zu verströmen.

Erbittert kämpfte Traysch gegen diese Gedanken an. Er durfte ihnen nicht nachgeben. Sie drohten seinen Verstand zu umnebeln.

Traysch schickte weitere Roboter hinaus. Er fragte sich, wie viele davon während der Ausführung seiner Befehle einfach stehenbleiben würden. Ein toter Automat war ein tragischer Anblick. Ein Zeugnis für die Grenzen laagoranischen Geistes.

Überall in der Station standen nutzlose Roboter herum.

Auch der zweite Gleiter würde bald zur Landung ansetzen.

Warum schwieg Kut-Ter?

Traysch lag im mittleren Behälter, Kut-Ter an seiner rechten Seite.

Was hatte der Onete vor?

Es ist zuviel für mich, überlegte Traysch. *Ich kann nicht gleichzeitig die Landung beaufsichtigen und Kut-Ter und das fremde Wesen im dritten Gleiter kontrollieren.*

Trotzdem empfand er Freude an diesem Übermaß an Aufgaben. Er war beschäftigt, er vergaß seinen aufgequollenen Körper. Ruhig gab er seine Impulsbefehle. Die Roboter verteilten sich rings um das Landefeld vor der Station. Zum erstenmal schlugen jetzt die Ortungsgeräte aus. Der erste Raumgleiter näherte sich dem Gravitationsfeld des Planeten.

Die Steuerzentrale würde eine exakte Landung ausführen. Nachlassen der Beschleunigung. Tangentialer Anflug. Drei Umkreisungen. Traysch war zufrieden.

Sollte er Kut-Ter von dem Unbekannten berichten?

Traysch konnte nicht lachen, er hatte es auch nicht gekonnt, als er noch nicht in der Nährflüssigkeit gelegen hatte. Dazu war sein Gesicht zu starr. Doch der Laagor besaß ein Gefühl für Ironie.

Wahrscheinlich wartete Kut-Ter darauf, daß etwas Unvorhergesehenes geschah. Sein Wunsch sollte sich erfüllen.

Der Raumgleiter drang in die obersten Schichten der Atmosphäre ein.

Ob das unbekannte Volk nach seinen verschwundenen Kindern suchen würde?

Nein, dachte Traysch. Schließlich war es nicht ungewöhnlich, daß die Nachkommen intelligenter Wesen ab und zu spurlos verschwanden. Auf jeder Welt, die intelligentes Leben hervorbrachte, gab es tragische Geschichten über verlorene Kinder.

Dabei hätte sich Traysch gewünscht, daß man die Kinder suchte. Er stellte sich vor, wie eines der Suchschiffe auf diesem Planeten landen würde. Dieser Gedanke erregte ihn.

Traysch benötigte dringend ein Schiff, aber er würde es wohl kaum von jenem Volk erhalten, dessen Kinder er entführt hatte.

Wir hätten Spuren hinterlassen sollen, dachte Traysch. Das hätte jedoch die Gefahr einer Flottenansammlung über diesem Planeten heraufbeschworen.

Die Roboter meldeten, daß der Gleiter bereits sichtbar war.

Zwei der Automaten fielen aus, als seien sie sich der nahenden Ablösung bewußt.

Alle zwölf Kinder lebten. Sie waren schwach, aber Traysch hoffte, daß sich dies schnell ändern würde.

Traysch stellte sich vor, wie der Gleiter aus dem glasklaren Himmel herabfiel. Es war eine schöne Welt, auf der das Forschungsschiff abgestürzt war, so schön, daß sie fast steril wirkte. Und es gab hier keine höheren Lebensformen.

Traysch erinnerte sich an den Salzgeschmack der Luft, er glaubte ihn auf seiner gespaltenen Zunge zu fühlen. Bei Sonnenaufgang wurde diese Welt immer in einen milchigen Schleier eingehüllt, der in der steigenden Sonne verging.

Früher, außerhalb des Behälters, hatte Traysch sich nie für die Schönheit des Planeten begeistern können. Er hatte gerechnet, geplant und gearbeitet.

Trotzdem erinnerte er sich an die warmen Mittage. Seth hatte im Schatten steil aufragender Felsen gelegen, mit bebenden Flanken und geöffnetem Mund.

Ein königliches Bild, hatte Traysch einmal gedacht, aber es war nur einer jener flüchtigen Gedanken gewesen, die er ab und zu in seine Planungen einflocht, um sich nicht an einen gefährlichen Arbeitsrhythmus zu gewöhnen.

Seth und – königlich?

Kut-Ter nannte sie ein zweigeschlechtliches Monstrum, eine primitive, widerliche Kreatur. Das war sie wohl auch.

Der Gleiter landet an der vorhergesehenen Stelle. Die Steuerzentrale stellte ihre Arbeit ein. Traysch wollte sich erheben und hinausgehen. Er wollte es wirklich. Seine Hände, die gleich darauf über die Anschlüsse glitten, waren unruhig.

Der erste Gleiter ist gelandet, sendete er an Kut-Ter und Seth.

Seth blieb stumm, von Kut-Ter kam eine unklare Antwort.

Die Kinder glichen in ihrem Aussehen entfernt Kut-Ter. Traysch starrte auf die Farbaufnahmen, die vom Landeplatz in seinen Behälter gesendet wurden. Er stellte das Übertragungsgerät schärfer ein. So konnte er genau verfolgen, wie die Kinder nacheinander das Schiff verließen. Über ihren Köpfen schwebten die Raumspione.

Die Kinder trugen Kleidung, so daß Traysch keine wesentlichen körperlichen Merkmale feststellen konnte. Er sah nur, daß ihre Körper nicht jene Rundlichkeit besaßen, die er erwartet hatte. Sie waren dünn, fast so dünn wie Kut-Ter.

Ihre Hagerkeit beunruhigte Traysch, sie war für ihn Ausdruck gefährlicher Aktivität. Er schaltete die beiden Hypnosesender ein.

Die zwölf Kinder leben, teilte er Kut-Ter mit. *Sie scheinen in einer verhältnismäßig guten Verfassung zu sein.*

Ich kann sie nicht sehen, erwiderte der Onete mürrisch.

Traysch hörte den Vorwurf aus der Gedankensendung heraus. Er löste sein Gesicht von der Bildröhre. Durch die Nährflüssigkeit konnte er kaum Einzelheiten auf dem Bildschirm erkennen. Die Röhre hielt die Flüssigkeit fern, wenn er genauer beobachten wollte.

Sie gehen aufrecht, berichtete Traysch. *Ihre Körper haben onetische Grundzüge.*

Tatsächlich? erkundigte sich Kut-Ter.

Traysch hörte den Spott heraus.

In Vierergruppen kamen die Kinder in die Station, flankiert von Robotern, acht auf jeder Seite. Die Raumspione huschten davon, als die Hypnosesender ihre Aufgabe übernahmen. Traysch schloß die Augen.

Er hatte etwas vollbracht, was Anerkennung verdiente. Doch wer sollte sie ihm zollen?

Ich kann sie undeutlich durch die Behälterwände sehen, sendete Kut-Ter. *Ich hätte nicht gedacht, daß sie so groß sind.*

Die durchsichtigen Wände vergrößern alle Objekte, erwiderte Traysch. *Sie sind nur halb so groß wie ein ausgewachsener Onete.*

Als der Onete schwieg, richtete Traysch eine direkte Frage an Seth.

Du kannst die Kinder nicht sehen? fragte er.

Seths Antwort kam überraschend schnell. *Ich fühle ihre Nähe,* gab sie zurück.

Das verstehe ich nicht, sendete Traysch erstaunt.

Ich kann es nicht erklären, antwortete Seth. *Ich fühle die Kinder, seit sie den Gleiter verlassen haben. Sie sind einsam und hilflos. Sie tun mir leid.*

Völlig überrascht ließ Traysch seine Hände von den Anschlüssen sinken. Das war eine völlig unerwartete Entwicklung. Seth, ausgerechnet die primitive Seth, schien über eine schwache paranormale Feinfühligkeit zu verfügen.

Die Kinder werden uns am Leben erhalten, erinnerte Traysch. *Ich wünschte, ich könnte ihnen helfen.*

Hast du sie gehört? wandte sich Traysch an Kut-Ter.

Eine Welle grenzenlosen Hasses ging von dem Oneten aus.

Dieses Monstrum identifiziert die Kinder mit ihren eigenen Jungen, die sie nie bekommen hat, sendete er. *Wir müssen sie aus dem Behälter nehmen.*

Traysch verneinte. Er wollte abwarten, wie sich diese Sache weiter entwickelte. Außerdem hatte er im Augenblick wenig Zeit, sich um Seth zu kümmern. Die Kinder waren jetzt wichtiger. Die Kinder und Kut-Ter.

7.

Stumme Kinder waren etwas Widernatürliches. Dan Picot empfand es ganz deutlich.

Er war seit vier Stunden, seit *bewußten* vier Stunden – wie lange er sich tatsächlich schon an Bord des fremden Schiffes befand, wußte er nicht – mit sieben Kindern zusammen, die mit leeren Blicken am Boden saßen.

Da Picot nicht wußte, wie schnell das Schiff flog, konnte er sich auch keinen Begriff von der Entfernung machen, die er inzwischen zurückgelegt hatte.

Picot bedauerte, daß er nur die Namen der verschwundenen Kinder kannte, aber keine Bilder von ihnen gesehen hatte. Nur Heintmans Junge war ihm persönlich bekannt, doch Oliver befand sich nicht unter diesen sieben Kindern. Er hatte die Kinder bereits mit allen Namen, die in seinem Gedächtnis haften geblieben waren, angesprochen.

Einmal hatte er sich dazu hinreißen lassen, Jagd auf die Hypnoseschiffchen zu machen. Sie hatten sich seinem Zugriff jedoch leicht entzogen und waren dicht unter die Decke geflogen.

Danach hatte sich der Erste Offizier der LION ausschließlich mit den Kindern beschäftigt. Er wußte nicht, ob es überhaupt möglich war, ein Wesen dem Einfluß einer Hypnosesendung zu entziehen, aber er versuchte es. Dazu wählte er einen ernst aussehenden Jungen aus. Er nannte ihn Ben, da er seinen richtigen Namen nicht wußte.

»Du mußt mir zuhören, Ben«, sagte Picot zum wiederholten Male. »Du mußt mir *bewußt* zuhören.«

Er kniff den Jungen in den Arm.

Der Schmerz ließ das Kind zusammenzucken.

»Du hörst mich!« zischte Picot beschwörend. »Du hörst

mich! Du hörst mich!« Er wiederholte diese drei Worte, bis seine Stimme ganz schrill klang.

Ben hockte teilnahmslos da, unter seinen Augen lagen dunkle Schatten.

Picot biß die Zähne aufeinander, und schlug ihm zweimal ins Gesicht. Der Kopf des Jungen flog nach hinten. Die anderen Kinder kümmerten sich nicht darum, was Picot tat.

»Es tut mir leid, Ben«, murmelte Picot. »Ich befürchte nur, daß dir und den anderen Schlimmeres bevorsteht, wenn wir einander nicht helfen können.«

Ben starrte ins Nichts. Sein Blick hatte etwas von jener Entrücktheit, die Picot schon bei religiösen Fanatikern gesehen hatte.

»Wenn du erwachst, wirst du dich an nichts mehr erinnern können«, sagte Picot grimmig. »Aber auch jetzt, in diesem Augenblick, müssen sich bestimmte Gedanken in deinem Gehirn abspielen. Sind es deine eigenen Gedanken?«

Picot brachte sein Gesicht dicht an das des Jungen heran. »Heb deinen Arm!« flüsterte er eindringlich.

Ben bewegte sich nicht. Er atmete gleichmäßig. Ab und zu blinzelte er.

»Heb den Arm!« forderte Picot. Blitzschnell fuhr er mit seiner Hand an den Augen des Jungen vorüber. Ben blinzelte etwas stärker.

»Jetzt heb deinen Arm!«

Keine Reaktion. Picot ließ sich zurücksinken und stieß die Luft zwischen den Zähnen hervor. Er wälzte sich auf den Rücken und starrte zum Bildschirm hinauf, wo die Sterne ein buntes Spinnwebenmuster bildeten.

Feurige Schlangen, dachte Picot.

Er preßte die Augen fest zusammen, so daß er die Projektion auf dem Bildschirm mehrfach sah, als er wieder aufschaute. Der Effekt hielt einen Augenblick an, dann schoben sich die verschiedenen Bilder ineinander, wie die Blätter eines Kartenspiels, das zum Mischen zusammengelegt wird.

Eine dieser Feuerschlangen war vielleicht ihr Ziel, dachte

Picot. Sie würde einschrumpfen, sobald die Geschwindigkeit des Raumschiffes nachließ und schließlich zu einer leuchtenden Sonne werden.

Theoretisch, überlegte Picot, könnte es Wesen geben, die sich seit Anbeginn ihres Bestehens nur mit Lichtgeschwindigkeit durch den Kosmos bewegten. Für sie wäre das Universum vielleicht meßbar. Und ihre Maßeinheit wären feurige Schlangen. *Verrückt!* dachte Picot überzeugt.

Er drehte sich seitwärts, so daß er die Kinder sehen konnte.

Während er sie betrachtete, ging mit dem Raumschiff eine Veränderung vor sich. Picot, der seit seinem siebzehnten Lebensjahr den Raum befuhr, besaß für solche Vorgänge einen fast übernatürlichen Sinn.

»Ich glaube«, sagte er leise, »wir werden langsamer.«

Wie, um seine Worte zu bestätigen, ringelten sich die Feuerschlangen zusammen. Der Bildschirm erlosch, wie ein schwarzes Riesenauge glotzte er jetzt auf Picot herab.

Ich muß vorbereitet sein! schoß es Picot durch den Kopf.

Vorbereitet – worauf?

War das Schiff im Begriff, irgendwo zu landen? Picot ging über den nachgiebigen Boden in den Maschinenraum und blickte auf die Maschine, auf dieses Skelett einer Maschine. Sie arbeitete nach wir vor. Für einen Menschen war es ungewöhnlich, auf eine Maschine ohne Verkleidung zu schauen. Dabei versah der Schutzschirm viel bessere Dienste als jede denkbare Verkleidung vermocht hätte.

Picot kehrte zu den Kindern zurück. Er wollte in ihrer Nähe sein, wenn das Schiff landete. Nicht, daß er glaubte, ihnen viel nützen zu können, aber er wollte alles tun, um ihnen zu helfen.

Über ihren Köpfen lauerten die Hypnoseschiffchen. Manchmal hingen sie minutenlang bewegungslos da, dann flitzten sie hin und her, als seien sie von Unrast ergriffen.

Wieder ging eine Veränderung vor sich, und wieder spürte es Picot. Er ging an eine Wand und lehnte sich mit dem Rücken dagegen.

»Wir landen!« rief er den Kindern zu.

Was sollte er tun, wenn das Schiff auf einer lebensfeindlichen Welt niederging? Vielleicht wußten die Entführer noch nicht einmal, daß die Kinder sterben mußten, wenn sie nicht in einer Sauerstoffatmosphäre abgesetzt würden. Doch das erschien Picot unwahrscheinlich, denn immerhin gab es an Bord dieses Schiffes atembare Luft.

Picot dachte an die LION. Er hoffte, daß der Schlachtkreuzer irgendwo in der Nähe war, daß Nome Tschato nur auf eine Gelegenheit zum Eingreifen wartete.

Picot bedauerte, daß er keine Waffe bei sich trug. Er besaß nur das flugunfähige Hypnoseschiffchen und M'Nutters Verstärker. Mit diesen Dingen konnte er im Augenblick jedoch nichts anfangen.

Plötzlich war Picot sicher, daß das Schiff gelandet war. Seltsamerweise spürte er keine Furcht. Es schien, als hätte der stundenlange Aufenthalt an Bord des unbekannten Raumschiffes ihn gegen ein solches Gefühl immun gemacht.

Die Kinder erhoben sich. Nacheinander verschwanden sie im Maschinenraum. Die kleinen Flugkörper folgten ihnen. Picot stieß sich von der Wand ab und blieb einen Augenblick unschlüssig inmitten des Raumes stehen. Niemand schien sich um ihn zu kümmern.

Zögernd ging er ebenfalls in den Maschinenraum. Als er durch den dunklen Eingang getreten war, wurden seine Augen von hellem Licht geblendet. Undeutlich nahm er zwei massige Gestalten wahr, die auf ihn zukamen. Er wich zurück, doch da wurde er bereits gepackt und weitergezerrt.

Eine Wand des Maschinenraumes war verschwunden. Picot konnte ins Freie sehen.

Vor ihm dehnte sich eine fremdartige Landschaft aus. Frischer Wind wehte herein. Die beiden Wesen, die ihn festhielten, waren Roboter. Sie schoben ihn auf die Öffnung im Schiff zu. Die Oberfläche der unbekannten Welt lag nur einen halben Meter unter Picot. Er blickte auf dunkelbraune, festgestampfte Erde. Etwa zweihundert Meter von Picot entfernt stieg das Land leicht an. Der Boden war mit grasähnlichen Pflanzen bewachsen. Von einem wolkenlosen Himmel leuchtete eine kleine, gelbe Sonne.

Picot erhielt einen Stoß und fiel aus dem Schiff. Sofort waren die beiden Roboter wieder an seiner Seite und hielten ihn fest. Zum erstenmal sah Picot das Raumschiff in seiner ganzen Größe. Für seine Begriffe war es nur ein Beiboot.

Sein Interesse an diesem Schiff ließ jedoch sofort nach, als er die Kuppel entdeckte, die hinter dem Landefeld lag. Gleich darauf sah er die sieben Kinder, die sich geschlossen dieser Kuppel näherten. Das Gebäude glich einer riesigen Muschel. Seine Oberfläche glitzerte im Sonnenlicht.

Die beiden Roboter, die Picot festhielten, sahen plump aus, erwiesen sich jedoch als äußerst beweglich. Ihr eigentlicher Körper bestand aus einer etwa dreißig Zentimeter durchmessenden Kugel, aus der sechs mehrgelenkige Gliedmaßen ragten. Drei wurden von den Robotern als Beine benutzt.

Aufrecht gehende Spinnen, dachte Picot.

Auch bei den Kindern waren Roboter. Die Hypnoseschiffchen vermochte Picot auf diese Entfernung nicht zu sehen, er war jedoch überzeugt davon, daß sie noch über den Kindern dahinflogen.

Die Roboter schoben ihn in die Richtung der Kuppel. Picot sah ein, daß es sinnlos war, sich gegen ihren festen Griff zu wehren. Im Augenblick war er im Nachteil.

Sollte diese Welt nur eine weitere Zwischenstation sein? Wurden sie von hier aus noch einmal weitertransportiert?

Die Antwort auf diese Fragen würde er wahrscheinlich innerhalb der Kuppel erhalten. Picot hätte es lieber gesehen, wenn er sich frei hätte bewegen können. Die Roboter behandelten ihn nicht gerade sanft. Wenn er sich gegen sie auflehnte, verstärkten sie unter Umständen ihren Griff.

Überall auf dem Landefeld sah Picot Roboter stehen. Auch entdeckte er zwei Flugkörper, die jenem, der ihn hierher gebracht hatte, genau glichen. Picot schaute zurück. Hinter dem Landefeld, am unteren Teil des langgezogenen Hügels, glaubte er die Trümmer eines riesigen Raumschiffes zu sehen. Das konnte jedoch eine Täuschung sein. Er hätte sich schon dorthin begeben müssen, um die Wahrheit herauszufinden.

Welche Tragödie hatte sich hier abgespielt? Hoffnungsvoll blickte Picot in den Himmel. Doch die LION, auf die er so sehnsüchtig wartete, zeigte sich nicht.

Einige Minuten später führten ihn die Roboter ins Innere der Kuppel.

Rhodan an Mercant:

Die LION steht jetzt ein halbes Lichtjahr von einem kleinen Sonnensystem im Kramman-Sektor entfernt. Die Sonne ist vom Sol-Typ und wird von zwei Planeten umkreist. Tschato weiß mit Sicherheit, daß das unbekannte Raumschiff mit Picot an Bord auf dem äußeren Planeten gelandet ist.

Mercant an Rhodan:

Sehr gut. Worauf wartet Oberstleutnant Nome Tschato noch?

Rhodan an Mercant:

Auf eine Antwort. Tschato hat festgestellt, daß dieses kleine System bereits katalogisiert ist. Inzwischen habe ich eine entsprechende Anfrage an das Archiv gerichtet.

Mercant an Rhodan:

Was haben Sie herausgefunden, Sir?

Rhodan an Mercant:

Vor ungefähr achtzig Jahren landete ein Schiff der Explorerflotte auf dem äußeren Planeten dieses Systems. Dem Bericht des Kommandanten der EX-61 zufolge, handelt es sich um eine Sauerstoffwelt ohne höhere Lebensformen.

Mercant an Rhodan:

Auf der gleichen Welt landet nun ein unbekanntes Raumschiff. Wir können sicher sein, daß die Besatzung der EX-61 nichts übersehen hat. Daraus läßt sich folgern, daß Unbekannte auf dieser Welt einen Stützpunkt eingerichtet haben. Dies muß jedoch geschehen sein, nachdem die EX-61 wieder verschwunden war.

Rhodan an Mercant:
Die Stützpunkttheorie wird wahrscheinlich zutreffen. Aus dem Bericht des Explorer-Kommandanten geht hervor, daß die Biologen damals ein Tigerpaar ausgesetzt haben.
Mercant an Rhodan:
Verstehe ich richtig, Sir? Ein Tigerpaar?
Rhodan an Mercant:
An Bord der EX-61 gab es einen Biologen namens Harpy Mulford. Er hatte zwei Tiger an Bord. Es war eine Marotte von ihm, sie auf unbekannten Sauerstoffwelten auszusetzen. Er wollte herausfinden, wie sich Raubkatzen entwickeln, wenn sie keine natürlichen Gegner haben.
Mercant an Rhodan:
Ist dieser Mulford jemals in den Kramman-Sektor zurückgekehrt, um herauszufinden, was aus dem Tigerpaar wurde?
Rhodan an Mercant:
Nein. Mulford starb schon bald nach der Rückkehr der EX-61 an der Zentrumspest. Nie ist jemand auf den Gedanken gekommen, sein Experiment fortzusetzen.
Mercant an Rhodan:
Wäre ich zum Scherzen aufgelegt, Sir, würde ich jetzt von einer Tigerzivilisation sprechen. Raumfahrende Tiger, die aus Terrania fünfundzwanzig Kinder entführten.
Rhodan an Mercant:
Es ist durchaus möglich, daß es Nachkommen der beiden ausgesetzten Tiger auf dem zweiten Planeten dieses Sonnensystems gibt. Doch das hat mit den entführten Kindern nichts zu tun. Ich kann Nome Tschato jedoch mitteilen, daß es auf der fraglichen Welt wahrscheinlich nur einen Stützpunkt gibt. Er soll sich dem Planeten vorsichtig nähern und dann landen.
Mercant an Rhodan:
Sicher halten Sie den Einsatz von Agenten der Abwehr nach wie vor für unnötig?
Rhodan an Mercant:
Ja. Ich sehe auch keinen Grund für die Entsendung eines starken Flottenverbandes. Unsere Chancen, die Kinder lebend wieder-

zusehen, dürften bei großer militärischer Machtentfaltung eher fallen als steigen.

Mercant an Rhodan:

Inzwischen sind drei Spezialisten auf Tigris eingetroffen. Ich erwarte ihren ersten Bericht.

Rhodan an Mercant:

Versprechen Sie sich nicht zu viel davon.

Mercant an Rhodan:

Keineswegs. Vielleicht erhalten wir einige Hinweise, die Tschato nützlich sein können.

Teil eines Funkgesprächs zwischen
Perry Rhodan und Allan D. Mercant am 10. 7. 2341

Es war, als blickte man von oben auf eine breite Straße, auf der, in vier Reihen nebeneinander, die Fahrzeuge im Schritttempo dahinkrochen. In Wirklichkeit war jedes einzelne Fahrzeug ein Lichtimpuls, der über den Bildschirm der Raumortung wanderte. Sobald die Reihe der Impulse einmal unterbrochen wurde, mußte sich ein fremder Körper in der Nähe der LION befinden.

Der Weltraum jedoch war frei. Die LION schien das einzige Schiff in diesem System zu sein.

Vor wenigen Minuten hatte Nome Tschato Rhodans Antwort über Hyperfunk erhalten. Es gab innerhalb dieses Sonnensystems kein intelligentes Volk, das die Raumfahrt beherrschte. Der Verdacht lag nahe, daß der äußere Planet der gelben Sonne von Unbekannten als Stützpunkt benutzt wurde.

Die LION war in das System eingedrungen und flog mit geringer werdender Geschwindigkeit dem zweiten Planeten entgegen. Der Schutzschirm des Schlachtkreuzes war eingeschaltet. Die Waffen waren feuerbereit.

Tschato hockte wie ein großer, müder Löwe im Kommandosessel und beobachtete die Bildschirme. Das Leben Picots und der Kinder hing davon ab, daß sie keinen Fehler begingen. Es wäre einfach gewesen, blitzschnell auf den Planeten hinabzustoßen und mit einem Überraschungsangriff den Versuch zu wagen, die Entführten zu befreien. Doch Tschato versprach sich von einem solchen Vorgehen nur wenig. Er wußte noch nicht, *was* er mit der LION angreifen konnte. Außerdem hätte er die Kinder bei einer solchen Aktion gefährdet.

Es galt jetzt, herauszufinden, was sich auf der Tigerwelt – so hatte Tschato den Planeten getauft – abspielte. Immerhin war es beruhigend, zu wissen, daß bereits einmal ein terranisches Schiff auf der Tigerwelt gelandet und wieder zurückgekehrt war.

Innerhalb von achtzig Jahren war es unmöglich, einen Stützpunkt auszubauen, der den gesamten Planeten beherrschte.

Tschato sah die Tigerwelt auf den Bildschirmen größer werden. Es war ein erdähnlicher Planet, nur unwesentlich kleiner als Terra. Der innere Planet kreiste so dicht um seine Sonne, daß seine Oberfläche völlig verbrannt sein mußte. Er kam als Lebensträger nicht in Frage.

Tschato war dankbar, daß ihm Rhodan soviel Vertrauen entgegenbrachte und ihm weiterhin volle Handlungsfreiheit gewährte. Er war entschlossen, diese Situation zu nutzen.

Die Tigerwelt war inzwischen soweit angewachsen, daß man die einzelnen Kontinente erkennen konnte. Es gab zwei große Ozeane und drei durch Inselketten miteinander verbundene Kontinente. Zwischen den zwei eng beieinander liegenden Kontinenten lag ein schmaler Meeresgürtel.

Kein Anzeichen deutete darauf hin, daß es auf der Tigerwelt intelligentes Leben gab.

Die LION drang ins Gravitationsfeld des Planeten ein, bald würde sie eine Kreisbahn einschlagen. Solche Manöver wurden von der Mannschaft beinahe schon automatisch ausgeführt, es waren die immer wiederkehrenden Schaltungen, die sich immer wiederholenden Bewegungen. In solchen Momenten verlor die LION etwas von jener legendären

Wesensart, die man dem Schiff angedichtet hatte, sie wurde zu einer funktionierenden Maschine herabgewürdigt, und fast waren die Männer an Bord nur Teile dieser Funktion, denn alles, was sie taten, hätten sie im Schlaf verrichten können.

Die Kreisbahn, dachte Tschato. *Jetzt kommt die Kreisbahn.*

Und das Schiff, das kurz zuvor noch mit -zigfacher Lichtgeschwindigkeit durch das All geflogen war, dröhnte und schlingerte, bis sich sein Flug wieder stabilisiert hatte.

Sie rasten aus der Nachtseite des Planeten heraus, die Sonne loderte am oberen Rand einer alles beherrschenden Halbkugel. Eine Gruppe kleinerer Wolken huschten unter ihnen weg.

Der Ozean!

Der erste Kontinent!

Irgendwo dort unten war Dan Picot, der krummbeinige Philosoph.

Vielleicht wäre Picot ein berühmter Maler geworden, wenn er mit siebzehn nicht auf die Raumakademie gegangen wäre, dachte Tschato. Er versuchte, sich ein Bild vorzustellen, das Picot gemalt hatte. Die Massetaster schlugen aus und hinderten ihn daran.

Tschatos Blicke wanderten über die Bildschirme. Unter ihnen weites Land, unermeßliche Wälder, einzelne hohe Berge mit schneebedeckten Gipfeln.

Leutnant Vertrigg zog die LION aus der Kreisbahn heraus.

»Wir haben sie!« rief Chefingenieur Bactas triumphierend. Sein Bauch zitterte vor Erregung.

Auf den Bildschirmen erschien das Bild eines kuppelförmigen Gebäudes. Davor, auf einem freien Platz, standen drei Raumschiffe.

»Ihre Befehle, Sir?« fragte Leutnant Vertrigg.

Tschato schien aus einem langen Schlaf zu erwachen. Der Sessel schwang langsam herum. Mit den Absätzen seiner Stiefel bremste der Kommandant die Drehung des Sessels.

»Landen Sie die LION!« befahl er.

»Vor der Kuppel, Sir?«

»Direkt vor der Kuppel, Leutnant Vertrigg.«

Das große Kugelschiff sank nach unten. Tschato, der die Landschaft scharf beobachtete, sah den Schatten der LION über die Hügel huschen. Die Meßgeräte liefen auf Hochtouren. Längst war festgestellt worden, daß die Atmosphäre atembar war. Es gab keine Radioaktivität.

Tschato befahl, daß die Beiboote startklar gemacht wurden. Es war eine reine Vorsichtsmaßnahme.

Das paradiesische Land schien sich unter der LION zu ducken, wie ein Kaninchen unter dem Raubvogel, der mit ausgestreckten Klauen nach unten stürzt.

»Ich sehe überhaupt keine Tiger!« rief Bactas spöttisch.

Niemand lachte. Die Kuppel dort unten lag verlassen da. Es schien niemand zu geben, der sich um die Ankunft der LION kümmerte.

Unheimlich, dachte Tschato beunruhigt. Er fragte sich, welche Gefahr von der kleinen Bodenstation ausgehen könnte. Auf dem Kuppeldach sah man weder Schlitze für Strahlkanonen noch Waffentürme. Mehr als dieses Gebäude und die drei harmlos aussehenden Raumschiffe schien es nicht zu geben.

Als die LION sich der Oberfläche der Tigerwelt weiter genähert hatte, erkannte Tschato einige Dutzend Roboter, die über dem Landefeld verteilt waren. Gleich darauf sah er die Trümmer eines längst zerstörten Gebäudes. Nein, korrigierte er sich, das waren nicht die Trümmer einer Kuppel. Dort unten lagen die Überreste eines gigantischen Raumschiffes.

Tschato spürte, wie ein Schauer über seinen Rücken lief.

War dieses Raumschiff in eine Falle geflogen, oder hatten die Überlebenden einer Katastrophe sich hier niedergelassen?

Die Landestützen der LION glitten aus ihren Halterungen.

Tschato hatte plötzlich das Gefühl, daß er die Landung im

letzten Augenblick verhindern müßte. Da gab es etwas, was ihn warnte, ein seltsames Gefühl der Unsicherheit.

Da berührten die Landestützen den Boden, ihre unabhängig voneinander aufgehängten Lager stellten sich auf jede Unebenheit des Bodens ein, so daß das Schiff in jedem Fall sicher zum Stehen kam.

Auf den Bildschirmen lag die Kuppel scheinbar zum Greifen nah. Die Roboter auf dem Landefeld glichen verdorrten Bäumen.

Die Warnanlagen schrillten alle gleichzeitig. Tschato hob den Kopf und blickte direkt in Vertriggs Gesicht. Der Leutnant hatte den Mund halb geöffnet, als hindere ihn etwas daran, einen Schrei auszustoßen. Tschato riß den Sessel herum, und seine Blicke überflogen die Kontrollen.

»Verdammt!« schrie Bactas mit sich überschlagender Stimme. »Jemand hat einen energetischen Wall um die LION gelegt.«

8.

Das Wesen, das zusammen mit den letzten Kindern gekommen war, glich jenem, das Seth in einem ihrer Träume mit einem spitzen Stab berührt hatte. Diese Ähnlichkeit war verblüffend. Nicht nur das.

Seth *erinnerte* sich, daß sie irgendwann in der Vergangenheit schon einmal mit solchen Wesen zusammengetroffen war. Sie konnte sich nicht erklären, wo dieses Zusammentreffen stattgefunden hatte.

Die Kinder gehörten offenbar dem gleichen Volk an wie der Fremde.

Seth verschwieg ihre Vermutungen. Weder Traysch noch Kut-Ter durften etwas davon erfahren. Kut-Ter hätte sie nur verhöhnt, doch der praktische Laagor wäre jeder noch so winzigen Spur nachgegangen, die in Seths Vergangenheit führte.

Schon als die ersten zwölf Kinder eingetroffen waren, hatte Seth eine gewisse Verbundenheit mit diesen Wesen gefühlt. Das Auftauchen des Erwachsenen hatte dieses eigenartige Gefühl noch verstärkt.

Der Erwachsene mußte ständig von zwei Robotern bewacht werden, da Traysch nicht sicher sein konnte, ob die beiden Hypnosesender ausreichten, ihn ständig unter Kontrolle zu halten. Dabei tat der Fremde nichts, was man als Feindseligkeit hätte bezeichnen können. Er schien lediglich bestrebt zu sein, in der Nähe der Kinder zu bleiben.

Seth ahnte, daß es zwischen Traysch und Kut-Ter bald zu Differenzen kommen würde. Die Gespräche der beiden wurden immer kürzer. Traysch war voller Ungeduld, er schien den Augenblick nicht abwarten zu können, da er die Kinder für alle wichtigen Arbeiten einsetzen konnte. Kaum, daß der erste Gleiter mit den ersten zwölf Entführten gelandet war, hatte Traysch sich in seine Arbeit vertieft. Er hatte sofort damit begonnen, den Kindern über die Hypnosesender einfache Befehle zu geben.

Kut-Ter schien alles gleichgültig zu sein. Seth fühlte die Spannung innerhalb der Station wachsen. Mit der Ankunft des zweiten Gleiters hatte sich Trayschs Aktivität noch erhöht, er schonte weder sich noch seine hilflosen Opfer.

Die Tatsache, daß sich an Bord des zuletzt gelandeten Schiffes ein Erwachsener aufgehalten hatte, schien Traysch zunächst etwas ernüchtert zu haben, doch sobald er die Ungefährlichkeit dieses Wesens erkannt hatte, verfiel er wieder in diesen hektischen Arbeitseifer.

Seth hatte ihre Meinung über Traysch weitgehend geändert. Es schien ihr, als sei ihre Fähigkeit des Erkennens gewachsen. Sie konnte seit einiger Zeit die Gewohnheiten Trayschs unterscheiden und Schlüsse daraus ziehen. Auch geriet sie nicht mehr so häufig in Verwirrung wie in früherer Zeit.

Ihre geistige Entwicklung, von der der Laagor gesprochen hatte, schien noch immer nicht abgeschlossen zu sein. Seth wußte nicht, ob sie intelligenter oder nur vernünftiger wurde, aber irgendwie machte dieser Vorgang ihr Leben innerhalb des Behälters erträglicher.

Zum erstenmal zog sie eigenmächtige Handlungen in Betracht. Sie überlegte, wie sie den Kindern helfen konnte, die wie Marionetten in der Kuppel hin- und herhuschten, um Trayschs Anordnungen auszuführen. Solchen Gedanken hätte sie sich früher nie hinzugeben vermocht.

Es war, als hätte sie sich aus einem zähen Morast erhoben, dessen Überreste zwar noch an ihr klebten, über dessen Ufer sie jedoch bereits hinausblicken konnte. Im gleichen Maße wie ihr Intellekt wuchs, ließ die Intensität ihrer Träume nach. Sie schien von einem Traum in ein Realleben zu treten. Sie begriff Dinge, die sie zuvor einer übergeordneten Dimension zugeschrieben und als unverständlich abgetan hatte.

Sie begann ihre Umgebung zu studieren. Alle Details versuchte sie zu begreifen. Sie machte sich über den Verwendungszweck unzähliger Dinge Gedanken, und sehr oft fand sie durch logisches Denken eine Antwort auf ihre Fragen.

Es war wie ein neues, berauschendes Spiel, als hätte sie einen völlig unbekannten Teil ihres Ichs entdeckt.

Früher hatte sie in ihren Träumen gejagt, ihre Krallen in die Körper ihrer Opfer gebohrt. Jetzt bereitete ihr ein solcher Traum fast Entsetzen – er stieß sie ab.

Seth hätte darüber gern mit Traysch oder Kut-Ter gesprochen, doch sie ahnte, daß sie damit ihr eigenes Ende heraufbeschworen hätte.

Wenn es nur eine Möglichkeit gegeben hätte, sich mit dem Fremden zu verständigen. Ab und zu kam er so dicht an ihrem Behälter vorbei, daß sie ihn fast deutlich sehen konnte. Es schien ihr, als starrte er jedesmal intensiv zu ihr herein, doch das konnte auch eine Täuschung sein. Die Roboter, die ihn bewachten, zogen ihn jedesmal weiter.

Traysch hatte den Entführten seit ihre Ankunft erst eine Ruhepause gegönnt. Er hatte Kut-Ter gegenüber geäußert, daß dies völlig ausreiche. Seth war anderer Ansicht.

Sie wußte, wie groß ihr eigenes Schlafbedürfnis war.

Gemessen an der Zeit, die Seth bereits innerhalb des Behälters verbracht hatte, waren die Kinder noch nicht lange in der Station.

Seth jedoch erschien es, als seien sie schon seit einer halben Ewigkeit auf diesem Planeten.

Ein Raumschiff! Trayschs Gedankensendung war voller Panik. *Ein fremdes Raumschiff!*

Durch die Behälterwände konnte Seth sehen, wie die noch intakten Roboter ziellos umherliefen.

Meine Geräte zeigen nichts an, meldete sich Kut-Ter.

Kein Wunder! Trayschs Antwort war voll offenen Hohnes. *Deine Geräte taugen nichts.*

Der Onete wurde weder zornig, noch verlor er die Geduld. Seth wünschte, sie hätte das Raumschiff beobachten können, wie es aus dem klaren Himmel herabfiel, um die Kinder zu befreien.

Was werden wir tun? wollte Kut-Ter wissen.

Trayschs Antwort war verworren, aber seine anfängliche Panik schien sich zu legen. Seine Gedanken sprudelten nur so hervor, wie das Wasser aus einer frisch angebohrten Quelle.

Plötzlich fühlte Seth, daß Traysch aus irgendeinem Grund triumphierte. In seinen Gedanken wimmelte es von unverständlichen Begriffen.

Ich glaube, sendete Kut-Ter, *du hast uns die ganze Zeit über betrogen.*

Seth war schockiert über die Ruhe, mit der der Onete diese Anklage hervorbrachte. Es war eine gelassene Feststellung, als verfüge Kut-Ter über die Abgeklärtheit eines hohen Alters.

Ich habe für eure Sicherheit gesorgt, verteidigte sich Traysch. *Das fremde Schiff wird auf dem Landefeld niedergehen. Das bedeutet, daß es innerhalb des Schutzschirmes stehen wird. –*

Welchen Schutzschirmes? fragte Kut-Ter.

Traysch gab keine Antwort, doch Seth sah, wie sich die Roboter zu Kolonnen ordneten und an ihrem Behälter vorbeiströmten, eine Armee metallischer Spinnen, die der Blick durch die Nährflüssigkeit zu grotesken Schatten werden ließ.

Was nützt uns ein Schutzschirm, wenn die Fremden das Schiff verlassen und uns angreifen? fragte Kut-Ter.

Wir haben Waffen, erwiderte Traysch. *Waffen, die nur von meinem Behälter aus bedient werden können. Außerdem sind die Kinder in unserer Gewalt.*

Diesem Raumschiff werden andere folgen, prophezeite Kut-Ter.

Natürlich, überlegte Traysch, seine Gedanken sorgfältig abschirmend, *werden weitere Schiffe kommen, wenn es diesem einen nicht gelingt, die Kinder zu befreien.*

Er beabsichtigte jedoch nicht, auf die Ankunft dieser Schiffe zu warten. Jetzt hatte er eine Gelegenheit, diesen Planeten zu verlassen. Schneller als er erwartet hatte, wurden seine Pläne Wirklichkeit.

Er hatte Helfer, die die Arbeit der Roboter verrichten konnten. Außerdem gab es jetzt ein Schiff auf dieser Welt. Ein Schiff, das noch mit feindlichen Wesen besetzt war, das er aber bald unter seine Kontrolle bringen würde.

Die Götter sind mir gnädig, dachte Traysch zufrieden. *Sie hatten sich von mir abgewandt, aber mein beharrliches Planen brachte mir ihre Gunst zurück.*

Seine plötzlichen Erfolge versetzten ihn in einen seltsamen Erregungszustand. Er begann sich selbst zu bewundern und ersetzte dadurch die Bewunderung Außenstehender, die ihm so sehr fehlte.

Er fühlte sich mit einemmal so überlegen, daß er sich zu fragen begann, warum er Kut-Ter jemals gefürchtet hatte. Der Onete wußte nun von dem Schutzschirm, von den Waffen und von Trayschs Plänen, aber er lag ebenso hilflos in seinem Behälter wie Seth.

Traysch war entschlossen, beide auf dieser Welt zurückzulassen, zusammen mit den fremden Kreaturen, die er aus ihrem Schiff vertreiben würde. Nur die Kinder wollte er mit an Bord nehmen, die Kinder und die letzten Roboter. Sie mußten das Schiff für ihn fliegen.

Trayschs Pläne verloren jede Sachlichkeit. Er glaubte, nun sehr schnell jedes Ziel erreichen zu können.

Das fremde Schiff war kugelförmig. Offenbar hatte sich seine Besatzung noch nicht von ihrer Überraschung erholt, denn die Schleusen blieben geschlossen. Traysch hatte die letzten Roboter um das Schiff gruppiert und seine Waffen auf die Schleusen gerichtet. Er war auf jeden Zwischenfall vorbereitet.

Die Fremden waren gekommen, um ihre Kinder zu befreien.

Ihre Nachkommen mußten ihnen sehr kostbar erscheinen. Dadurch wurde Traysch ein Druckmittel zugespielt, wie er es sich besser nicht wünschen konnte. Er wollte seine Waffen nicht in Tätigkeit setzen. Sobald einer der Fremden das Schiff verlassen würde, wollte Traysch verhandeln.

Er würde den Fremden hinausschicken, der mit dem letzten Gleiter gekommen war. Unter dem Einfluß beider Hypnosesender würde er mit seinen Freunden sprechen. Traysch beabsichtigte, zusammen mit dem Erwachsenen eines der Kinder aus der Kuppel zu schicken. Das würde die unbekannten Raumfahrer gefügiger machen.

Der Anblick der hypnotisierten Jungen würde, zusammen mit dem Bewußtsein, daß die vierundzwanzig anderen Kinder in der Gewalt des Gegners waren, die Befreier erschüttern.

Trayschs Lage war denkbar günstig.

Er hielt es für unmöglich, daß irgend etwas geschehen könnte, was seinen Erfolg noch verhindern würde.

Kut-Ter war bereit, seinen Behälter zu verlassen.

Er wartete nur noch darauf, daß die fremden Raumfahrer die Kuppel angriffen. Der Onete zweifelte keinen Augenblick daran, daß es zu einem Angriff kommen würde. Wenn Traysch mit der Verteidigung beschäftigt war, wollte Kut-Ter handeln.

Kut-Ter wußte, daß das Lager, auf dem er ruhte, mit hydraulischen Stützen bis zum oberen Behälterrand ausgefahren werden konnte. Über sein weiteres Vorgehen war er sich nicht im klaren, weil er nicht wußte, wie sein Körper reagieren würde, wenn er die Kabel aus ihm löste und sich auf seine alte Atemtechnik umstellen mußte.

Kut-Ter war darauf vorbereitet, beim Verlassen der Nährflüssigkeit zu sterben. Er konnte ersticken, vor Schwäche zusammenbrechen. Sämtliche Organe konnten versagen. Es kam darauf an, wie sehr sein Organismus sich bereits umgestellt hatte. Auch die Fortbewegung im Freien würde ihm – sofern er überhaupt aus der Kuppel herauskam – bestimmt Schwierigkeiten machen.

Nur über seine Schwingungsmembrane machte er sich

keine Sorgen. Sie würde alle Töne der oberen Bereiche wie früher aufnehmen.

Kut-Ter interessierte sich nicht dafür, was Traysch jetzt unternehmen würde, denn jede Handlung würde letzten Endes doch nur zu einer Auseinandersetzung mit dem Fremden führen. Sie waren gekommen, um ihre Kinder zu retten. Sie würden um sie kämpfen.

Ich werde den Erwachsenen mit einem der Kinder hinausschicken, sendete Traysch in diesem Augenblick und unterbrach Kut-Ters Gedanken.

Ich bin einverstanden damit, antwortete Kut-Ter, obwohl er genau wußte, daß er keinerlei Einfluß auf Trayschs Handlungen besaß. *Was wollen wir tun, wenn die Kuppel angegriffen wird?*

Ich glaube nicht, daß sie das wagen, meinte Traysch selbstsicher. *Sie würden die Kinder gefährden.*

Kut-Ter bezweifelte, daß die Opferbereitschaft der Raumfahrer so weit ging, daß sie ihr Raumschiff aufgaben, um ihre Nachkommen zu schonen.

Wir sollten ihnen die Jungen zurückgeben, schlug er vor. *Wir können die Raumspione zu anderen Welten schicken und uns andere Helfer beschaffen.*

Zurückgeben? Trayschs Gedankensendung war voller Heftigkeit. *Niemals ! Bis wir abermals alle Vorbereitungen getroffen hätten, wären alle Roboter ausgefallen.*

Kut-Ter ließ seine dünnen Ärmchen nach unten sinken. Plötzlich begriff er, was Traysch vorhatte. Der Laagor wollte das Schiff! Er wollte das Schiff, um damit diesen Planeten zu verlassen. Deshalb fürchtete er sich auch nicht vor weiteren Landungen. Bevor es dazu kam, wollte Traysch diese Welt verlassen haben.

Dieses falsche Reptil! dachte Kut-Ter zornig. *Er will Seth und mich hilflos hier zurücklassen, wahrscheinlich mit der Besatzung des Schiffes.*

Aber wie, fragte er sich, wollte Traysch die Besatzung veranlassen, ihm das Schiff zu übergeben?

Wenn wir die Fremden nicht zum Rückzug bewegen können, müssen wir sie töten, sendete er an Traysch. *Ich glaube jedoch nicht, daß sie ohne die Kinder gehen werden.*

Dann töten wir sie, gab Traysch lakonisch zurück.

Lüge, dachte Kut-Ter mit abgeschirmten Gedanken. *Er belügt uns.*

Was meint Seth dazu? fragte er dann den Laagor.

Er konnte Trayschs Verblüffung spüren. Zum erstenmal hatte er sich um Seths Ansichten gekümmert.

Wir sollten die Kinder gehen lassen, erwiderte Seth an Trayschs Stelle.

Kut-Ter unterdrückte die Haßgefühle, die ihre Gedankenmuster in ihm wachriefen. Er mußte sich jetzt beherrschen.

Dann sind wir verloren, erklärte Traysch zornig.

Wenn wir die Kinder freilassen, werden uns die Unbekannten vielleicht helfen, sendete Seth.

Der erste logische Gedankengang, den sie je produziert hat, dachte Kut-Ter überrascht. Hätte er nur das geringste Interesse an einem Weiterleben innerhalb des Behälters gehabt, er hätte Seths Vorschlag unterstützt. So war es ihm vollkommen gleichgültig, wie Traysch sich entscheiden würde.

Niemand wird uns helfen, behauptete Traysch aufgebracht. *Wir müssen uns selbst helfen. Durch Nachgeben wurde noch keine Auseinandersetzung gewonnen. Wir sind im Vorteil, weil die Kinder innerhalb der Kuppel sind. Sobald die Raumfahrer einen Schuß gegen die Kuppel abgeben, töten wir eines der Kinder. Das wird sie aufhalten und verhandlungsbereit machen.*

Was willst du mit Verhandlungen erreichen? erkundigte sich Kut-Ter, obwohl er wußte, daß er keine ehrliche Antwort erhalten würde.

Sie sollen sich zurückziehen, erwiderte Traysch. *Sie sollen uns die Kinder überlassen.*

Was für eine jämmerliche Ausrede, dachte Kut-Ter erbittert, ohne diese Gedanken durchdringen zu lassen. *Für wie dumm hält er mich eigentlich?*

Der Onete begriff, daß Traysch immer selbstsicherer wurde, daß er von seinen Erfolgen geradezu berauscht war.

Ich bin nicht damit einverstanden, daß wir die Kinder behalten, gab Seth bekannt.

Kut-Ter zuckte erstaunt zusammen. Was war mit diesem zweigeschlechtlichen Ungeheuer geschehen?

Ich gebe die Befehle! Trayschs Gedankenströme kamen rasch.

Ich glaube, Kut-Ter ist ebenfalls auf meiner Seite, sendete Seth.

Nein, bestimmt nicht, teilte ihnen Kut-Ter hastig mit. Er wollte jetzt keine ernsthafte Auseinandersetzung mit Traysch.

Du hast Angst, warf ihm Seth vor. *Du fürchtest dich vor Trayschs Waffen.*

Was ist nur in sie gefahren? wunderte sich Traysch. *Ich glaube, daß wir sie aus ihrem Behälter entfernen sollten.*

Ich fürchte mich nicht, telepathierte Seth sofort. *Dieses Leben, das ich führe, erscheint mir wertlos.*

Sie ist übergeschnappt, erklärte Traysch heftig. *Sobald wir die Sache mit den Fremden geregelt haben, entfernen wir sie. Wir werden den Erwachsenen in ihren Behälter legen.*

Kut-Ter wußte, daß Traysch nichts dergleichen vorhatte. Sobald es ihm gelang, das Raumschiff zu bekommen, würde er auf dem schnellsten Weg diese Welt verlassen.

Kut-Ter war gespannt, wie die Fremden auf Trayschs Ultimatum reagieren würden. Zweifellos würde ihnen der Laagor ein Ultimatum stellen.

Alles hing davon ab, was den Fremden wichtiger erschien: ihr Raumschiff oder die Sicherheit ihrer Kinder.

9.

Mein Gott, dachte Picot, und preßte beide Fäuste gegen die dröhnenden Schläfen. *Lange halte ich das nicht mehr aus.*

Der ständige Kampf gegen den Einfluß der Hypnosesender zermürbte ihn. Er war nie völlig Herr seines Verstandes, aber er verlor auch nie völlig die Kontrolle darüber. Er bewegte sich in der Mitte zwischen Realität und Bewußtlosigkeit. Manchmal gewann der Einfluß der unheimlichen Geräte die Oberhand, und Picot wanderte durch die Kuppel, um irgendwelche Befehle auszuführen. Zum Glück geriet er nie vollständig in den Wirkungskreis der Hypnose. Ab und zu glaubte er, die gewohnte Klarheit seines Denkens zurückerlangen zu können, doch dann waren sofort zwei Roboter in seiner Nähe, stießen ihn zu Boden und hielten ihn dort fest, bis seine Willenskraft nachließ.

Picot starrte zu den drei tonnenförmigen Tanks, in denen seine Peiniger lebten.

In einem der Behälter lag ein Tiger – oder die Karikatur eines Tigers.

Es war ein Tiger mit aufgequollenem Körper, von dem sich das Fell büschelweise gelöst hatte. Ein Tiger mit deformierten Tatzen.

Wie die beiden anderen Wesen, lag auch das tigerähnliche Monstrum in einer trüben Flüssigkeit. Unzählige Kabel führten in seinen Körper. Die Augen des Ungeheuers starrten Picot mit unmenschlicher Gier an, wenn er in die Nähe des Behälters kam.

Im mittleren Tank hielt sich ein Wesen auf, das seine Echsenabstammung nicht verleugnen konnte. Sein Körper war von Schuppen bedeckt, der Kopf lang und schmal, die Augen kalt und starr. Die Echse bewegte sich häufiger als die beiden anderen Wesen. Der Tiger schien sogar gelähmt zu sein.

Das dritte Wesen sah entfernt einem Menschen ähnlich, wenn es auch unglaublich mager war. Sein hoher Schädel zeugte von großer Intelligenz, seine beiden Augen standen weit auseinander.

Picot hockte auf einem Sockel und sah zu, wie vier der Kinder einen schweren Gegenstand durch die Kuppel trugen. Fast alle Kinder waren ständig in Bewegung. Die Roboter gaben ihnen eine übelriechende Brühe zum Essen, von der sich auch Picot ernähren mußte. Als er zum erstenmal davon getrunken hatte, mußte er sich übergeben. Den hypnotisierten Kindern schien der schlechte Geschmack nichts auszumachen.

Die Roboter hatten Picot das Hypnoseschiffchen, M'Nutters Verstärker und seine Uhr abgenommen. Seine Kleider waren sorgfältig untersucht worden.

Picot schätzte, daß er bereits länger als vierundzwanzig Stunden in der Kuppel weilte. Er hatte nur kurze Zeit geschlafen, weil er befürchtete, daß er der Hypnosesendung endgültig unterliegen mußte, wenn er einschlief. Den Kindern wurden nur kurze Ruhepausen gegönnt. Sie mußten gruppenweise schlafen.

Picot wußte, daß es nur noch eine Frage der Zeit war, bis die ersten vor Schwäche zusammenbrechen würden. Die Kreaturen in den Behältern gaben den Kindern keine Gelegenheit zum Waschen, sie wußten wahrscheinlich überhaupt nicht, wie wichtig das für die Mädchen und Jungen war.

Picot verfolgte alle Geschehnisse in halber Trance. Sein Haß hatte ein Stadium erreicht, daß er verzehrend wirkte. Vielleicht war es dieser Haß, der ihn den Hypnosegeräten widerstehen ließ. Er lernte schnell, daß es besser für ihn war, alle Befehle auszuführen, auch wenn er sie nur unklar übermittelt bekam. Das ersparte ihm ein Eingreifen der Roboter.

Solange sich Picot innerhalb der Kugel befand, waren mindestens zwölf der Automaten ausgefallen. Picot kannte jetzt bereits die Symptome, die das Ende eines Roboters ankündigten. Die Maschine begann sich langsam um die eigene Achse zu drehen, dann knickten ihre Gelenke ein. In dieser Stellung verharrte sie wenige Minuten, bis sie sich dann mit einem Ruck ein letztesmal streckte, als wollte sie sich gegen ihr Schicksal aufbäumen.

Diese Beobachtungen überzeugten Picot, daß die drei Unbekannten in den Behältern die versagenden Roboter durch die Kinder ersetzen wollten.

Im Augenblick konnte er nichts dagegen unternehmen. Es war sogar sinnlos, den Kindern Mut zuzusprechen, denn sie verstanden ihn nicht. Sie waren wie Tote, die sich noch bewegen konnten. Und er, Dan Picot, war ein Halbtoter.

Er spürte, wie ein hypnotischer Befehl ihn dazu trieb, vom Sockel aufzustehen. Wenn er sich angestrengt hätte, wäre es ihm sicher gelungen, sich zu widersetzen, doch noch gab es genügend Roboter, die ihn zwingen konnten, zu gehorchen.

Er erhob sich. Sein Magen war zu einem Knoten zusammengeschrumpft, auf der Zunge spürte er den galligen Geschmack des Getränks, das man ihm eingeflößt hatte. Seine Unterlippe schmerzte von den Bissen, die er sich selbst beibrachte, um auszuhalten, wenn sich die Intensität der Sendungen verstärkte.

Ein Teil der Kinder war damit beschäftigt, die rings um die Behälter aufgestellten Maschinen zu bedienen. Sie waren so fremdartig, daß Picot nicht wußte, welche Bedeutung sie besaßen. Er nahm jedoch an, daß sie dazu dienten, die drei Kreaturen am Leben zu erhalten.

Picot war jetzt sicher, daß er vor der Kuppel das Wrack eines Raumschiffes gesehen hatte. Die Wesen in den Behältern stellten wahrscheinlich den Rest der Besatzung dar. Picot wußte nicht, ob sie nur in den Tanks lebten, weil sie auf einer Sauerstoffwelt nicht existieren konnte, oder ob es andere Gründe dafür gab.

Picots Blicke fanden Oliver Heintman. Das Gesicht des Jungen war blaß und eingefallen. Er bewegte sich mit schleppenden Schritten. Trotzdem schien er noch zu den kräftigsten Kindern zu gehören.

Es wurde Zeit, daß die LION erschien und Hilfe brachte. Lange konnten die Kinder nicht mehr durchhalten.

Entsetzt dachte Picot an die Möglichkeit, daß Tschato die Spur verloren hatte. Dann wartete er vergeblich auf den Schlachtkreuzer.

Ich muß irgend etwas unternehmen, dachte Picot entschlossen. *Ich kann nicht auf ein Wunder warten.*

Er begann mit der unauffälligen Beobachtung aller Maschinen rings um die Behälter. Er wollte herausfinden, welche Apparate für die drei Wesen lebenswichtig waren. Vielleicht konnte er Zerstörungen vornehmen, die wenigstens die Hypnosesendungen unterbrachen.

Picot dachte an Flucht, aber er konnte nur aus der Kuppel fliehen und sich irgendwo in den Wäldern dieses Planeten verstecken. Er hielt es für unmöglich, ein Raumschiff der Schiffbrüchigen zu steuern.

Ein weitere Hypnosebefehl erreichte ihn. Da er nicht völlig unter Kontrolle stand, fiel es ihm schwer, alles zu verstehen, was man von ihm verlangte. Oft handelte er instinktiv und tat meistens das Richtige.

Er ging auf den mittleren Behälter zu. Vor der Echse stand eine Art Pult innerhalb des Behälters. Die Klauen des Wesens tasteten ständig daran herum. Picot nahm an, daß die Echse auf diese Weise verschiedene Geräte kontrollierte.

Als er näher kam, postierten sich zwei Roboter vor dem Tank. Die Echse ging kein Risiko ein. Picot schielte nach den Maschinen. Der Anblick der Kinder, die mit ruckartigen Bewegungen Hypnosebefehlen nachkamen, machte ihn rasend.

Er sah, daß die Echse ihn anstarrte, als sei sie nicht schlüssig, wie sie ihn behandeln sollte. Picot gab den Blick zurück. In seinen Augen loderte der Haß.

Der nächste Befehl ließ ihn noch etwas dichter an den Tank herantreten.

Auch der Körper der Echse wirkte aufgeschwemmt, als mache er einen Gärungsprozeß mit. Picot schaute zu, wie sich zwei Schuppen vom Körper des Wesens lösten. Sie trieben durch die Flüssigkeit davon. Offenbar wurden sie von einer Pumpe angesaugt und sofort entfernt. Auch die Echse war mit vielen Kabeln verbunden. Sie lag auf einer Art Pritsche, die auf drei Säulen stand.

Der Kopf des Wesens befand sich etwa einen Meter über Picot.

Picot konnte nicht mit Sicherheit sagen, wie groß die drei Fremden tatsächlich waren, weil die Behälterwände und die trübe Flüssigkeit das Bild verzerrt erscheinen ließen.

Neben Picot entstand eine Bewegung.

Sein Kopf fuhr herum. Er sah Oliver Heintman neben sich stehen. Der Junge hatte den Kopf gesenkt.

Picot erschrak. Wußten seine Peiniger, daß zwischen ihm und Heintmans Sohn eine Verbindung bestand? Er bezweifelte es. Sicher war es Zufall, daß gerade der Junge des Captains an seiner Seite erschien.

Oliver erhielt offenbar hypnotische Befehle.

Picot kniff die Augen zusammen, er fühlte, daß irgend etwas Entscheidendes bevorstand.

Gleich darauf spürte er ein eigenartiges Ziehen im Nacken. Nun war er an der Reihe.

Er erhielt den Befehl, zusammen mit dem Jungen die Kuppel zu verlassen.

»Was hast du vor?« schrie er zu der Echse hinauf.

Drohend schüttelte er die Faust. Sofort waren die Roboter bei ihm. Ihre Stahlklauen krallten sich in seinen Arm. Er schrie und tobte, bis sie ihn zu Boden stießen. Oliver Heintman schaute teilnahmslos auf ihn herab.

»Laßt mich los!« schrie Picot.

Sie zerrten ihn auf die Beine. Seine Jacke war zerrissen. Seine Arme bluteten. Die Echse tastete wieder über das Pult.

Oliver Heintman setzte sich in Bewegung. Picot erhielt einen derben Stoß von einem Roboter und folgte dem Jungen. Seine Benommenheit nahm zu. Bestürzt erkannte er, daß die hypnotischen Impulse verstärkt wurden.

Während er hinter Oliver Heintman herging, kämpfte er um seine Willensfreiheit.

Der Eingang der Kuppel öffnete sich. Tageslicht fiel herein. Unmittelbar hinter sich hörte Picot die beiden Roboter.

Fast gleichzeitig mit Oliver Heintman erreichte Dan Picot die Öffnung, durch die sie die Kuppel verlassen konnten.

Draußen auf dem Landefeld stand wie ein unüberwindliches Gebirge aus Stahl die LION.

Sechs Stunden waren verstrichen, seit sich der energetische Schutzschirm um die Station der Fremden und damit um die LION gelegt hatte. Niemand konnte jetzt von draußen an die Kuppel oder an die LION heran, niemand konnte aber auch auf die andere Seite der künstlich geschaffenen Sperre.

Auf den empfindlichen Geräten der LION war deutlich die Stabilität des Schutzfeldes zu erkennen. Die Besatzung konnte nicht damit rechnen, daß der Wall in den nächsten Stunden zusammenbrechen würde.

Bisher hatte Tschato gezögert, das Raumschiff zu verlassen. Er wollte jene, die sie in die Falle gelockt hatten, den nächsten Schritt tun lassen. Wer immer ihre Gegenspieler waren, sie ließen sich viel Zeit. Niemand hatte in den vergangenen sechs Stunden die Kuppel verlassen.

Tschato blickte auf den Bildschirm der Außenbeobachtung. Er konnte die Kuppel deutlich erkennen. In wenigen Stunden würde die Sonne untergehen. Tschato glaubte nicht, daß die Unbekannten die Dunkelheit abwarten wollten.

Vielleicht hofften sie, daß jemand aus der LION kommen und zur Kuppel gehen würde.

Captain Walt Heintman saß zusammengesunken im Sessel neben Tschato. Kurz vor der Landung der LION war Heintmans Zuversicht noch einmal kurz aufgeflackert, doch jetzt schien er sich keine Hoffnungen mehr zu machen. Er glaubte offenbar, daß sein Sohn verloren war.

Tschato fragte sich, ob es nicht besser wäre, Perry Rhodan über die bestehende Situation zu unterrichten. Ein Aufgebot der Solaren Flotte konnte den Abwehrschirm in kurzer Zeit vernichten. Doch das würde das Leben der Kinder gefährden, wenn diese sich innerhalb der Kuppel befanden.

Dieses Problem, ahnte Tschato, war nicht mit Waffengewalt zu lösen.

Trotzdem hatte er alle Maßnahmen zur Abwehr eines Angriffs getroffen.

Dreißig schwerbewaffnete Männer mit Kampfanzügen standen absprungbereit in der Hangarschleuse. Zwanzig Kampfroboter warteten in der Verladeschleuse auf ihren Einsatzbefehl. Die LION war gerüstet.

Da erschien Dan Picot mit einem der Kinder im Kuppeleingang.

Tschato schüttelte Heintman am Arm.

»Sehen Sie, Captain!«

Heintman fuhr auf und starrte auf den Bildschirm.

»Es ist Picot«, sagte Tschato. »Der alte Dan mit einem der Kinder.«

Heintmans Lippen bewegten sich. Dann sprudelte er hervor: »Es ist Oliver, Sir. Es ist mein Junge. Wir müssen ihn holen.« Er schnellte aus dem Sessel heraus.

Tschato bekam ihn am Handgelenk zu fassen und hielt ihn fest.

»Warten Sie!« zischte er.

Heintman wollte sich losreißen, doch Tschatos große Hände umschlossen seinen Arm wie Schraubstöcke.

»Ich muß zu meinem Jungen«, sagte Heintman. »Lassen Sie mich gehen.«

»Nehmen Sie sich zusammen!« befahl Tschato scharf. »Niemand verläßt das Schiff, bevor wir nicht wissen, was das Auftauchen Picots zu bedeuten hat.«

Er versetzte dem Captain einen Stoß. Heintman landete unsanft im Sessel und blieb schweratmend liegen. Er starrte auf den Bildschirm.

Picot und der Junge gingen bis zur Mitte des Landefeldes. Dann blieben sie stehen. Picot winkte.

»Das sieht nach einer Falle aus, Sir«, meinte Chefingenieur Bactas.

»Und wie«, nickte Tschato. »Warten wir ab.«

»Ich gehe allein hinaus«, sagte Heintman dumpf. »Es ist mir egal, ob es eine Falle ist oder nicht. Ich will zu meinem Jungen.«

»Ruhe!« befahl Tschato.

Heintmans Sohn machte einen geschwächten Eindruck. Auch Picot schien nicht in bester Verfassung zu sein. Tschato vergrößerte das Bild, bis er den Ersten Offizier deutlich sehen konnte. Picots Gesicht war verzerrt, als litte er Schmerzen. Heintmans Sohn blickte teilnahmslos auf den Boden. Hinter den beiden standen zwei Roboter.

»Ich werde hinausgehen«, sagte Tschato.

»Das ist gefährlich, Sir«, warnte Leutnant Vertrigg, und Heintman sagte hastig: »Nehmen Sie mich mit, Sir.«

»In Ihrer derzeitigen Verfassung kann ich sie nicht hinauslassen«, sagte Tschato zu Heintman. »Wenn Sie die Nerven verlieren, können Sie alles verderben.«

Heintman preßt die Lippen aufeinander. »Aber es ist *mein* Sohn«, sagte er hartnäckig.

Tschato machte einen Schritt auf ihn zu. »So?« schrie er Heintman an. »*Ihr* Sohn, wie? Vielleicht denken Sie auch einmal an die Eltern der vierundzwanzig anderen Kinder. Wegen eines Kindes werde ich kein Risiko eingehen. Wenn die LION hier startet, werden *alle* Kinder an Bord sein, Captain.« Seine Stimme wurde etwas sanfter. »Ich verstehe Sie, aber Sie müssen jetzt geduldig sein.«

»Entschuldigen Sie, Sir«, sagte Heintman leise.

Bactas kam heran und wollte Tschato einen Desintegrator reichen. Tschato lehnte die Waffe ab.

Bactas' feistes Gesicht verzog sich unwillig.

»Wollen Sie unbewaffnet hinaus, Sir?«

»Was dachten Sie denn?« erkundigte sich Tschato.

»Aber ... die Roboter«, wandte Bactas ein und schob den Desintegrator resignierend in seinen Gürtel.

»Ich gehe unbewaffnet und allein«, sagte Tschato. »Leutnant Vertrigg! Sie übernehmen inzwischen das Kommando. Niemand verläßt das Schiff, solange wir nicht angegriffen werden.«

»Was soll ich veranlassen, wenn man Sie entführt, Sir?«

Tschato dachte einen Augenblick nach. »Benachrichtigen Sie in diesem Fall das Hauptquartier in Terrania«, entschied er dann. »Rhodan wird Ihnen dann die weiteren Befehle geben.«

Er verschloß seine Uniformjacke und verließ die Zentrale. Er benutzte den Antigravschacht bis zur Verladeschleuse. Der Landesteg der LION war ausgefahren. Mit weit ausholenden Schritten ging Tschato hinab. Picot und Heintmans Sohn standen noch immer auf dem Landefeld.

Tschato schaute zurück, um sich zu überzeugen, daß ihm niemand folgte.

Picot und der Junge waren etwa siebenhundert Meter von ihm entfernt. Tschato ging nicht sehr schnell. Er wollte Zeit zum Nachdenken haben. Er behielt ständig die Kuppel im Auge.

Als er die Hälfte des Weges zurückgelegt hatte, schaltete er das Armbandfunkgerät ein.

»An Bord alles in Ordnung, Leutnant?«

»Natürlich, Sir«, erwiderte Vertrigg. »Auch draußen ist es ruhig, soweit ich das feststellen kann.«

»Achten Sie auf Heintman«, sagte Tschato.

Als er näherkam, sah er, daß Picots Gesicht grau und eingefallen aussah. Die Unterlippe des Ersten Offiziers war blutverschmiert, seine Jacke an den Ärmeln zerfetzt.

Oliver Heintman war verschmutzt und weiß im Gesicht.

Der Anblick des Jungen genügte, um Tschatos Entschlossenheit zu verstärken.

Picot krümmte sich, als hätte er Schmerzen. Er versuchte, Tschato zuzulächeln.

»Es ist gut, daß Sie allein kommen, Sir«, brachte er mühsam hervor.

»Was ist passiert, Dan?« fragte Tschato schnell.

»Die Kinder sind ...« Picot stöhnte und taumelte etwas zurück. »Sie haben mich fast unter Kontrolle. Die Kinder sind am Leben ... in der Kuppel.«

»Wir wollen das Raumschiff«, sagte Oliver Heintman. Es war unheimlich, die Kinderstimme diese Worte sagen zu hören.

Picot stammelte: »Sie sind alle ... hypnotisiert.«

»Und Sie, Dan? Ist M'Nutters Verstärker eingeschaltet?«

Der kleine Raumfahrer schüttelte den Kopf. »Hypnosesender?« stieß er hervor. »In der Kuppel. Sie müssen vorsichtig sein, Sir.«

»Wer lebt dort drinnen, Dan?«

»Ungeheuer«, murmelte Picot. »Drei Ungeheuer. Eine Echse, eine Spinne und ein ... Tiger.« Er zitterte heftig, als hätte er einen Schüttelfrost. »Sie liegen in Behältern, Sir.«

»Wir wollen das Schiff!« sagte Oliver Heintman.

Tschatos Gedanken arbeiteten fieberhaft. *Ein Tiger,* dachte er. *Wie ist das möglich?*

»Wenn wir das Schiff nicht bekommen, töten wir die Kinder«, erklärte der Junge. »Eines nach dem anderen. Wir werden die Leichen von den Robotern herausbringen lassen, damit Sie sehen können, daß wir zu allem bereit sind.«

Picot lachte irr.

Tschato beugte sich zu dem Jungen hinab. »Wozu wollen Sie das Schiff?«

»Wir wollen das Schiff«, wiederholte der Junge mit leerem Blick.

»Gibt es eine Chance, in die Kuppel zu gelangen und an die Behälter heranzukommen, Dan?« fragte Tschato. Er fühlte, wie die hypnotische Kraft der Sendeimpulse auch auf ihn überzugreifen begann. Er war noch nicht so schwach wie Picot und konnte leichter dagegen ankämpfen.

»Es sind noch viele Roboter in der Kuppel«, sagte Picot.

»Außerdem würden sie die Kinder töten, wenn wir mit Gewalt vorgehen.«

»Ich brauche Zeit zum Nachdenken«, sagte Tschato.

»Wir wollen das Schiff!« sagte Oliver stereotyp.

»Wir werden das Schiff verlassen«, sagte Tschato langsam. »Es wird einige Zeit dauern, bis wir alle Vorbereitungen getroffen haben …«

»Geben Sie uns das Schiff«, sagte der Junge.

Da begriff Tschato, daß die Wesen, die das Kind kontrollierten, es zwar zum Aussprechen bestimmter Sätze zwingen konnten, es aber nicht als Übermittler von Tschatos Antworten benutzen konnten. Es war unmöglich, sich mit den Fremden in Verbindung zu setzen.

Tschato erkannte bestürzt, daß er nicht wußte, wieviel Zeit man ihnen gab, die LION zu räumen. Vielleicht begannen die Roboter bereits mit der Hinrichtung eines Kindes, wenn die Besatzung nach Tschatos Rückkehr nicht sofort die LION verließ.

Tschato dachte angestrengt nach, aber er fand keine Lösung.

»Sie gehen mit dem Jungen zurück, Dan«, sagte er.

»Ich glaube, ja«, sagte Picot.

»Sie sind im Augenblick unsere einzige Hoffnung, Dan«, sagte Tschato. »Sie müssen versuchen, zu verhindern, daß einem der Kinder etwas passiert.«

Picot zuckte hilflos mit den Schultern. »Ich habe Angst, Sir«, gestand er. »Die drei Ungeheuer scheinen verrückt zu sein. Was soll ich tun, wenn jeder meiner Schritte von Robotern überwacht wird? Außerdem muß ich ständig gegen die Hypnoseimpulse ankämpfen.«

»Sie dürfen nicht aufgeben. Dan. Ich gehe jetzt zum Schiff zurück. Ich werde den Befehl zur Räumung der LION geben. Das heißt jedoch nicht, daß wir fliehen. Ich bin sicher, daß die drei Fremden diesen Planeten verlassen wollen. Dazu benötigen sie unser Schiff. Wir werden es ihnen so überreichen, daß sie nicht viel damit anfangen können.«

»Verlassen Sie das Schiff!« schrillte Heintmans Sohn.

Tschato nickte Picot zu und wandte sich ab. Was würde Heintman in diesem Augenblick denken, da er zusehen mußte, wie Tschato ohne Oliver zurückkam?

Was würde die Mannschaft sagen, wenn sie hörte, daß sie das Schiff verlassen mußte?

Tschato begriff, daß die Kinder verloren waren, wenn nicht irgend etwas Unvorhergesehenes geschah. Die Kinder und die LION.

Der Weg zurück zur Kuppel schien sich endlos vor Dan Picot auszudehnen. Er fragte sich, ob er nicht hätte versuchen sollen, mit Tschato zur LION zu gehen. Sofort verwarf er diesen Gedanken. Er, der als einziger in die Kuppel konnte, durfte die Kinder jetzt nicht im Stich lassen.

Oliver Heintman ging neben ihm her, ohne Notiz von ihm zu nehmen. Picot hatte längst erkannt, wie sinnlos es war, sich mit den hypnotisierten Kindern zu unterhalten. Bisher hatten sich die Hypnoseimpulse immer als stärker erwiesen.

Die beiden Roboter blieben dicht hinter Picot. Wahrscheinlich hätten sie eine Flucht Picots zur LION verhindert.

Die Erleichterung, die Dan Picot beim Anblick der LION empfunden hatte, war schnell verflogen, als er erkannt hatte, daß Tschato die Hände gebunden waren. Der Kommandant des Schlachtkreuzers konnte nichts unternehmen, solange die Kinder in Gefahr waren.

Was kann ich nur tun? fragte sich Picot verzweifelt.

Er betrat mit Oliver und den Robotern die Kuppel. Hinter ihnen schloß sich der Zugang. Picot sah, daß sechzehn Kinder arbeiteten. Die anderen schliefen. Sie lagen einfach am Boden, ihre kleinen Körper zusammengerollt. Zum Glück war es innerhalb der Kuppel warm.

Einer der Roboter brachte Picot eine Schale mit dem übelschmeckenden Getränk. Picot nahm das Gefäß, ging hinter eine Maschine und leerte die Brühe aus. Die Roboter hinderten ihn nicht daran. Als er jedoch näher an die Maschine heranging, waren sie sofort neben ihm.

Er ging zu den schlafenden Kindern und ließ sich neben ihnen nieder.

Er schloß die Augen, schlief aber nicht ein. Die Stärke der hypnotischen Impulse ließ nicht nach, aber es wurden keine direkten Befehle an Picot gerichtet, so daß er sich einigermaßen entspannen konnte.

Welches der drei Wesen mochte der Anführer der eigenartigen Gruppe sein?

Der Tiger? Die Echse? Oder die menschenähnliche Kreatur mit den Spinnengliedern?

Sie müssen alle drei von verschiedenen Völkern abstammen, überlegte Picot. Das Schicksal hatte sie auf diese Welt verschlagen. Sie kämpften um ihre Existenz, ebenso wie die Terraner.

Picot schlug die Augen auf und blickte zu den Behältern hinüber. Vielleicht war eines der Wesen bereit, Frieden zu schließen. Wie sollte er das herausfinden?

Manchmal, dachte Picot müde, *wäre es vielleicht ganz einfach, sich zu einigen, wenn man sich nur verstehen würde.*

Der größte Teil aller Kriege innerhalb der Galaxis entstand nur dadurch, daß niemand erwartete, bei einem anderen Volk Verständnis zu finden. Ein raumfahrendes Volk betrachtete die Angehörigen eines jeden anderen Sternenreiches als Gegner. Nur selten gelang es, gemeinsame Interessen zu finden.

Man müßte eine Patentformel finden, dachte Picot. *Eine Formel, die uns die Möglichkeit gibt, alle Interessen zu berücksichtigen und miteinander zu leben. Das würde uns am ehesten den Weg nach Andromeda oder anderen Galaxien frei machen.*

Aber es gab niemand, der diese entscheidende Formel entdeckte.

Deshalb lag Picot neben hypnotisierten Kindern am Boden eines fremden Planeten und dachte darüber nach, wie er drei Extraterrestier vernichten konnte.

»Wie geht es dem Jungen?« fragte Heintman, als Tschato die Zentrale der LION betrag.

»Es geht ihm gut«, antwortete Tschato. »Er ist offenbar müde und hungrig, aber unverletzt. Auch die anderen Kinder sind noch am Leben.«

»Was ist mit Picot?« erkundigte sich Bactas.

»Es gelingt den Fremden nicht, ihn zu hypnotisieren.« Tschato berichtete kurz, was er von Picot erfahren hatte.

»Was werden Sie tun?« wollte Heintman wissen. »Wollen Sie zulassen, daß man die Kinder tötet?«

»Keineswegs«, versicherte Tschato. »Wir werden alle die LION verlassen, wie es unsere Gegner verlangen. Zuvor sorgen wir dafür, daß das Schiff flugunfähig ist. Dann wollen wir sehen, was geschieht.«

»Warum greifen wir nicht die Kuppel an, Sir?« fragte Vertrigg.

»Innerhalb der Kuppel gibt es Roboter und wahrscheinlich automatische Waffen. Sobald wir angreifen, werden unsere Widersacher die Drohung wahrmachen und die Kinder töten.«

»Aber sie benötigen die Kinder für irgendeinen Zweck«, erinnerte Vertrigg. »Wahrscheinlich wollen sie uns nur unter Druck setzen. Wenn es ernst wird, werden sie bestimmt darauf verzichten, auch nur ein Kind zu töten.«

Heintman drängte sich an Tschato vorbei. »Wollen Sie wirklich, daß wir ein solches Risiko eingehen, Leutnant?« rief er aufgebracht.

Tschato legte dem Captain eine Hand auf die Schulter und sagte: »Wir werden nicht angreifen. Es kann nicht viel passieren, wenn wir schwerbewaffnet die LION verlassen. Wir ziehen uns auf den Hügel zurück und schlagen dort ein Lager auf. Inzwischen wird Picot versuchen, etwas zu erreichen.«

»Warum fordern Sie keine Hilfe an, Sir?« wollte Pentecott wissen.

»Wozu?« Tschato schnippte mit den Fingern. »Wenn wir

auch hundert Schiffe hier hätten, die Situation bliebe die gleiche. Unsere Gegner haben die Kinder, deshalb sind uns im Augenblick die Hände gebunden.«

Mercant an Rhodan:

Die ganze Geschichte klingt irgendwie unglaubhaft. Wie sollte ein Tiger in einen der Behälter gelangen?

Rhodan an Mercant:

Diese Frage beschäftigte mich auch. Inzwischen habe ich die Antworten von NATHAN, dem Rechenzentrum auf Luna, erhalten. Die Berechnungen Nathans ergaben, daß es durchaus möglich ist, daß der von Picot entdeckte Tiger einer der beiden ist, die Mulford vor achtzig jahren im Kramman-Sektor ausgesetzt hat.

Mercant an Rhodan:

Kein Tiger wird älter als fünfzehn Jahre, Sir. Wie erklären Sie sich das Phänomen eines achtzigjährigen Tigers?

Rhodan an Mercant:

Tschato erwähnte in seinem Bericht die Entdeckung eines Raumschiffwracks. Vor einigen Jahrzehnten ist also demnach auf der Tigerwelt ein Raumschiff abgestürzt. Nathan hält es für wahrscheinlich, daß es nur drei Überlebende gab. Diese drei Wesen errichteten eine Station und wollten sich in Behälter zurückziehen, in denen sie durch Tiefschlaf oder andere Maßnahmen eine Änderung der körperlichen Funktion erreichten. Vielleicht starb eines der Wesen. Andere Sternenvölker sind bestimmt nicht weniger experimentierfreudig als wir. So ist es durchaus denkbar, daß einer der Tiger anstelle des gestorbenen Fremden einen Platz innerhalb eines Behälters erhielt.

Mercant an Rhodan:

Das klingt sehr fantastisch, Sir.

Rhodan an Mercant:

Allerdings. Ich glaube, daß die Erklärung viel einfacher ist. Es kann sich bei dem Tiger auch um einen Nachkommen des ausgesetzten Paares handeln, was jedoch nicht erklärt, wie das Tier in die Kuppel gelangen konnte.

Mercant an Rhodan:

Halten Sie es nicht für möglich, daß einer der Fremden nur eine äußerliche Ähnlichkeit mit einem Tiger besitzt, ohne sonst etwas mit dieser Tierart gemeinsam zu haben?

Rhodan an Mercant:

Das wäre in der Tat ein unwahrscheinlicher Zufall. Ich habe noch eine andere Theorie. Ich habe Tschato in meiner Antwort auf seinen letzten Bericht angewiesen, in den Trümmern des fremden Raumschiffes nach dem Skelett eines Tigers zu suchen.

Mercant an Rhodan:

Ich glaube zu wissen, worauf Sie hinauswollen, Sir. Sie vermuten, daß die Tiger in der Nähe der Absturzstelle waren, als das Schiff herunterkam. Eines der Tiere überlebte das Unglück, wurde von den Fremden gefunden und gepflegt. Vielleicht dachten die Raumfahrer, die Tiger seien die Vertreter einer intelligenten Eingeborenenrasse.

Rhodan an Mercant:

Gut kombiniert, Allan. Ich glaube sogar, daß wir noch etwas weiter gehen können. Wie Tschato über Hyperfunk mitteilte, handelt es sich um ein riesiges Wrack. An Bord können sich durchaus einige tausend Wesen verschiedener Arten aufgehalten haben. Schließlich gehören die beiden anderen Wesen in den Behältern ebenfalls zwei verschiedenen Lebensformen an. Nehmen wir an, die Überlebenden der Katastrophe fanden in den Trümmern ihres Schiffes einen bewußtlosen Tiger. Mußten Sie nicht annehmen, daß er zur Besatzung gehörte?

Mercant an Rhodan:

Aber sie hätten bestimmt herausgefunden, daß der vermeintliche Schiffbrüchige keine Intelligenz besitzt, sondern nur ein Raubtier ist.

Rhodan an Mercant:

Vielleicht. Es ist auch nur eine Theorie. Irgendwo gibt es eine Lücke. Wir wissen noch zu wenig.

Mercant an Rhodan:

Wollen sie Verstärkung zur Tigerwelt schicken, Sir?

Rhodan zu Mercant:

Noch nicht. Die LION ist unter einem Energieschirm gefangen, der die gesamte Station und einen Teil des Landes einschließt. Wir kämen wahrscheinlich überhaupt nicht an das Schiff heran, ohne die Mannschaft zu gefährden. Tschato wiederum ist in der gleichen Lage wie wir. Er kann die Kuppel nicht angreifen, solange das Leben der Kinder bedroht ist. Deshalb war es klug von ihm, den Befehl zur Räumung der LION zu geben. Der Oberstleutnant hat dafür gesorgt, daß die LION nicht starten kann. Er wartet jetzt auf einen günstigen Augenblick, um die Kinder zu befreien. Sobald dies gelungen ist, sind die Männer der LION den Fremden überlegen.

Mercant an Rhodan:

Glauben Sie, daß es auch gelingen wird, den Schutzschirm auszuschalten?

Rhodan an Mercant:

Bestimmt. Tschatos Gegner werden dies wahrscheinlich selbst tun, wenn sie an Bord der LION gehen. Denn sie können nicht starten, wenn der Schutzschirm noch existiert.

Mercant an Rhodan:

Sollen wir den Eltern Nachricht geben, daß wir ihre Kinder gefunden haben?

Rhodan an Mercant:

Machen Sie den Eltern Hoffnung, Allan. Schweigen Sie jedoch über die gefährliche Lage. Inzwischen wurden Maßnahmen getroffen, die verhindert werden, daß noch einmal Hypnoseschiffchen auf der Erde auftauchen.

Mercant an Rhodan:

Haben Sie Tschato irgendwelche Instruktionen für den Fall gegeben, daß die Fremden sich zu Verhandlungen bereit zeigen?

Rhodan an Mercant:

Tschato kann seinen Gegnern jede Hilfe zubilligen, wenn sie die Kinder freilassen. Er teilte mir jedoch mit, daß es schwierig ist, sich mit ihnen in Verbindung zu setzen. Tschato hat einen Hypersender aus der LION bringen lassen. Er wird uns benachrichtigen, sobald sich etwas ereignet.

Mercant an Rhodan:

Sie kennen Tschato, Sir. Sie wissen, daß er unter Umständen auf eigene Faust handelt, wenn er befürchtet, daß Sie seine Pläne nicht billigen würden.

Rhodan an Mercant:

Er ist unser Mann im Kramman-Sektor. Bisher hat er keinen Fehler gemacht.

Mercant zu Rhodan:

Er ist ein Einzelgänger, mit einer Mannschaft, die aus Einzelgängern besteht.

Rhodan zu Mercant:

Sie sind ein bißchen ungerecht, Allan. Schließlich hat auch keiner von uns beiden seine größte Verdienste dadurch erworben, daß er sich an irgendwelchen Richtlinien orientiert hat.

Mercant an Rhodan:

Ich gebe mich geschlagen, Sir. Bitte halten Sie mich auf dem laufenden. Meine Männer auf Tigris warten nur darauf, daß ich ihnen den Befehl gebe, zum Kramman-Sektor zu fliegen.

Teil eines Funkgesprächs zwischen
Perry Rhodan und Allan D. Mercant am 11. 7.2341

10.

Es funktioniert, dachte Seth beglückt und streckte langsam ihre rechte Tatze aus. *Ich kann mich bewegen.*

Sie konzentrierte sich auf ihr linkes Vorderbein. Mit starker Willensanstrengung gelang es ihr, die Gelenke zu krümmen. Auf diese Weise bewegte sie nacheinander alle vier Beine. Das erschöpfte sie so sehr, daß sie eine Pause einlegen mußte.

Sie war nicht gelähmt, wie sie die ganze Zeit über gedacht hatte. Seit sie gelernt hatte, ihren Verstand zu benutzen, gewann sie auch die Kontrolle über ihren Körper zurück.

Nachdem Sie eine Weile geruht hatte, versuchte sie, sich auf ihrem Lager auf die eine Seite zu wälzen. Dabei spürte sie zum erstenmal Schmerzen.

Ich bin nicht mehr daran gewöhnt, dachte sie. *Ich muß langsam vorgehen.*

Zweifel überfielen sie, ob sie überhaupt noch auf ihren verwachsenen Tatzen stehen konnte.

Was machst du da, Seth? drang ein Gedankenstrom Trayschs auf sie ein.

Ich bewege mich, sendete sie stolz zurück. *Ich lerne, mich wieder zu bewegen.*

Ich wußte, daß wir Schwierigkeiten mit ihr bekommen würden, mischte sich Kut-Ter ein.

Laß sie nur, meinte Traysch. *Sobald sie eine heftige Bewegung macht, reißt ein Kabel aus ihrem Körper, und sie stirbt.*

Das ist mir gleichgültig, erklärte Seth. *Ich werde bald versuchen, den Behälter zu verlassen. Dann brauche ich die Kabel sowieso nicht mehr.*

Es bedeutet deinen sicheren Tod, wenn du den Behälter verläßt, drohte der Laagor.

Seth dachte heftig: *Ich will den Kindern helfen.*

Wir hätten sie längst austauschen sollen, nörgelte Kut-Ter. *Nun haben wir nicht nur mit den Fremden, sondern auch mit diesem Ungeheuer Schwierigkeiten.*

Es fiel Seth leicht, seinen Haß zu ignorieren. *Traysch, gib die Kinder frei!* forderte sie.

Du bist verrückt! behauptete Traysch. *Sobald ich Zeit habe, werde ich deinen Behälter von den lebenswichtigen Maschinen abschließen.*

Warum nicht sofort? drängte der Onete.

Seth beteiligte sich nicht länger an der Auseinandersetzung. Sie konnte sich jetzt mühelos abschirmen. Bevor Traysch daranging, seine Drohungen wahrzumachen, mußte sie den Tank verlassen haben.

Wieder versuchte sie, sich seitwärts zu drehen. Stechende Schmerzen durchfluteten ihren Körper. Trotzdem gelang es ihr, sich auf die Seite zu legen. Sie spürte den Druck der einzelnen Kabel auf der Haut. Fetzenweise lösten sich Haarbüschel aus ihrem aufgeweichten Fell. Die Nährflüssigkeit geriet in Bewegung.

Da Seth jetzt auf der Seite lag, fiel es ihr leichter, die Beine zu krümmen. Sie stellte sich vor, wie es wäre, auf diesen Beinen zu laufen, sie nacheinander auf festen Boden zu setzen.

Ich muß mich auf dem Lager aufrichten, dachte sie entschlossen.

Sie begann ihre Tatzen zu spreizen. Das bereitete ihr fürchterliche Schmerzen, denn die einzelnen Krallen waren von wucherndem Fleisch bedeckt, das nun aufriß.

Sie stellte ihre Übungen ein, um nicht das Bewußtsein zu verlieren. Sie schaute an sich herunter und sah, daß sich einige Krallen gelöst hatten. Sie schwammen träge in der Flüssigkeit.

Ich muß mich beeilen, dachte Seth.

Sie streckte die Vorderbeine aus und zog die hinteren dicht an den Körper. Dann verlagerte sie ihr Gewicht.

Los! befahl sie sich. *Steht jetzt auf!«*

Sie stemmte die Vordertatzen fest gegen ihr Lager und versuchte, sich mit ihrem Hinterteil hochzudrücken.

Dann stand sie plötzlich auf den Hinterbeinen.

Behutsam hob sie sich vorn in die Höhe. In ihrem Kopf rauschte es, der Schmerz raste wie glühendes Feuer durch ihre Flanken. Dann stand sie aufrecht auf dem Lager, während die aufgewühlte Nährflüssigkeit sie umspülte. Weitere Kabel glitten aus ihrem Fleisch. Sie spürte den Drang zum Atmen.

Sie begann heftig zu zittern. Die Schwäche übermannte sie, und sie sank auf das Lager zurück. Gewaltsam mußte sie sich am Atmen hindern. Sie ahnte, daß sie ersticken würde, sobald sie den Rachen öffnete. Noch war sie mit über der Hälfte aller Kabel verbunden. Das mußte im Augenblick genügen.

Du forderst den Tod heraus, drang ein heftiger Gedankenstoß Trayschs zu ihr durch, als sie einen Augenblick ihre Abschirmung aufgab.

Sie bezweifelte nicht, daß er recht hatte. Sie mußte jedoch noch einmal Kräfte sammeln, bevor sie den entscheidenden Versuch unternahm. Sie bettete ihren Kopf auf die Vorderbeine und starrte aus dem Behälter. In ihrer unmittelbaren Nähe lagen einige Kinder und der Erwachsene am Boden.

Die Kinder schliefen. Seth wußte nicht, wie sie helfen sollte. Es gab keine Verständigungsmöglichkeit zwischen ihr und diesen Wesen.

Außerdem drängte die Zeit. Jetzt, da sie viele Kabel verloren hatte, die bestimmte körperliche Funktionen aufrechterhalten hatten, mußte sie schnell aus dem Behälter und ihre alte Lebensweise wieder aufnehmen. Hoffentlich war es dazu nicht zu spät. Vielleicht erstickte sie, sobald sie den Kopf aus der Nährflüssigkeit hob und zu atmen begann. Ebensogut konnte sie einen Herzschlag bekommen, wenn die Anstrengung zu groß wurde.

Sie würde dem Tod in jedem Fall näher sein als an jenem

Tag, als das riesige Raumschiff auf Bruuth und sie herabgestürzt war. Seths Kopf ruckte in die Höhe.

Bruuth! dachte sie wie elektrisiert. *Das fremde Schiff!*

Ich erinnere mich! schrie alles in ihr. *Ich kann mich erinnern!*

Als Kut-Ter feststellte, daß die Roboter einen Transportwagen zu bauen begannen, entschloß er sich, mit seinem Ausbruchsversuch noch etwas zu warten. Er brauchte Traysch nicht zu fragen, um zu wissen, wofür dieser Wagen gebaut wurde.

Traysch ließ ihn sich anfertigen, um sich in seinem Behälter an Bord des Raumschiffes bringen zu lassen, das die Fremden inzwischen bereitwillig verlassen hatten. Viel zu bereitwillig, für Kut-Ters Begriffe. Er glaubte an eine Falle.

Doch es würde Traysch sein, hinter dem diese Falle zuschlug. Kut-Ter wußte, daß der Laagor nicht beabsichtigte, ihn oder Seth mit an Bord des Schiffes zu nehmen. Traysch wollte sie zurücklassen. Das kam einem Todesurteil gleich, denn der Laagor würde alle Maschinen mitnehmen, die wichtig waren, um ihn innerhalb seines tonnenförmigen Tanks am Leben zu erhalten. Kut-Ters und Seths Behälter waren ebenfalls an diesen Maschinen angeschlossen.

Kut-Ter betrachtete es für sich als Vorteil, daß Seth offen zu rebellieren begann. Das lenkte den Laagor von ihm ab. Kut-Ter bezweifelte, daß es Seth gelingen würde, ihren Behälter zu verlassen, er zog aber auch diese Möglichkeit in Betracht. Schließlich zeigte Seth neuerdings überraschende Intelligenz.

Ob sie uns die ganze Zeit über nur Theater vorgespielt hat? fragte er sich. *Sollte ihre Dummheit nur Täuschung gewesen sein?*

Es war gleichgültig, welche Fähigkeiten Seth in Wirklichkeit besaß, sie war Trayschs technischer Macht so oder so unterlegen. Der Laagor kontrollierte die gesamte Station. Er konnte die Roboter dazu bringen, gegen die beiden anderen Behälter vorzugehen.

Das allein genügte, um Kut-Ter abwarten zu lassen. Noch immer erschien ihm der Zeitpunkt der Flucht nicht günstig. Er glaubte, daß er jede Eventualität in Betracht gezogen hatte, auch einen unerwarteten Angriff der fremden Raumfahrer.

Ich erinnere mich! Kut-Ter zuckte unter dem unerwarteten Gedankenstoß Seths zusammen.

Woran? fragte Traysch.

An alles! erwiderte Seth triumphierend. Die von Traysch gebaute Verstärkeranlage zur Übertragung der Gedankenimpulse ließ Kut-Ter wie immer alles einwandfrei verstehen. In seinem Gehirn formten sich aus den Impulsen die richtigen Symbole.

Ich gehöre nicht zu euch, erklärte Seth. *Ich war niemals an Bord eures Schiffes gewesen.*

Sie ist verrückt, sendete Traysch bestürzt. *Sie hat den größten Teil der Kabel aus ihrem Körper gelöst. Das hält sie nicht aus.*

Warte! mischte sich Kut-Ter ein. *Es interessiert mich, was sie zu berichten hat. Sie soll uns erklären, wo sie sich befand, wenn nicht an Bord des Raumschiffes. Schließlich haben wir sie mit Hilfe der Roboter aus den Trümmern gezogen.*

Das ist richtig, stimmte Seth zu. *Ich war zusammen mit Bruuth auf der Jagd.*

Wer ist Bruuth? fragte Traysch.

Mein Gefährte, erwiderte Seth sanft. *Bruuth war mein Gefährte.*

Die Zärtlichkeit ihrer Gedankensymbole stieß Kut-Ter ab. Er unterdrückte jedoch seine Haßgefühle.

Ich wußte nicht, daß sie ein zweigeschlechtliches Monstrum ist, sendete er an Traysch.

Diesen Bruuth hat es niemals gegeben, behauptete der Laagor. *Sie hat sich das alles ausgedacht.*

Nein, protestierte Seth. *Bruuth wurde getötet, als das Schiff abstürzte. Ich verlor nur das Bewußtsein. Es war Zufall, daß wir uns ausgerechnet in der Nähe der Absturzstelle aufhielten.*

Traysch sendete: *Es ist unglaublich, aber sie will uns offenbar glauben machen, daß sie von intelligenten Eingeborenen dieser Welt abstammt.*

Ich wurde nicht auf diesem Planeten geboren, sendete Seth. Ihre Gedanken kamen jetzt sehr selbstbewußt. *Ich stamme von der gleichen Welt wie die Kinder, die Traysch hierhergelockt hat. Mein Gefährte und ich wurden hier von einem Raumschiff ausgesetzt.*

Ausgesetzt? fragte Kut-Ter. *Aus welchem Grund?*

Vor dem Absturz eures Schiffes war ich ein relativ unintelligentes Raubtier, dachte Seth. *Ich besaß nur einen ausgeprägten Instinkt. Wahrscheinlich wurden innerhalb der Trümmer irgendwelche Strahlungen frei, die eine Veränderung meines Gehirns auslösten.*

Eine Art Mutation, meinte Traysch. *Wir haben sie in der Nähe eines Triebwerkes gefunden. Es wäre also durchaus möglich.*

Aber ihre Intelligenz ist erst in letzter Zeit sprunghaft angestiegen, wandte Kut-Ter ein. *Wie ist das zu erklären?*

Sie mußte wahrscheinlich eine bestimmte Intelligenzstufe erreichen, um ihren Verstand einsetzen zu können, erwiderte Traysch. *Irgendwie spielen die Kinder dabei eine entscheidende Rolle. Ich glaube, daß sie mit ihnen auf paranormaler Ebene in Verbindung steht. Es ist durchaus möglich, daß sie von der gleichen Welt stammt wie die fremden Raumfahrer. Die Kinder halfen ihr, sich selbst zu erkennen und ihr Gedächtnis wiederzufinden. Das heißt, sie hatte es nie verloren, sondern sie mußte lernen, es zu benutzen.*

Wir haben ein fremdes Wesen gerettet, das zudem noch völlig unintelligent war, dachte Kut-Ter spöttisch. *Ein Tier, Traysch. Wir haben ein Tier in den dritten Behälter gelegt, das von einem anderen Volk für Experimente benutzt wurde.*

Das ist mir gleichgültig, behauptete der Laagor. *Es kann meine Pläne nicht ändern.*

Kut-Ter fühlte, daß er die Beherrschung verlor. Alles in ihm drängte danach, Traysch zu sagen, daß er von diesen egoistischen Plänen wußte.

Du läßt von den Robotern einen Wagen bauen, sendete er heftig.

Allerdings, gab Traysch zurück. *Vermutlich weißt du, wozu.*

Ich weiß es. Kut-Ter hielt seinen Zorn nicht länger zurück. *Du willst diesen Planeten an Bord des fremden Schiffes verlassen. Seth und ich sollen zurückbleiben.*

Traysch blieb merkwürdig ruhig. *Nur die Starken können auf die Dauer überleben,* sendete er.

Du bist nicht stark. Knut-Ters Gedanken überschlugen sich. *Du bist schwach und feige. Deshalb mußtest du dich gegen jeden Zwischenfall absichern. Ohne die Roboter, die Waffen und Maschinen bist du ein Nichts.*

Ich werde überleben, antwortete Traysch gelassen. *Im Gegensatz zu dir, Onete.*

Ich werde kämpfen, kündigte Kut-Ter an. *Ich werde meinen Behälter verlassen und kämpfen.*

Zusammen mit deiner ›Freundin‹? fragte Traysch spöttisch. *Du vergißt, daß ich deinen Behälter jederzeit zerstören kann. Ich werde dich jedoch am Leben lassen, bis ich die Kuppel verlasse. Du sollst zusehen, wie ich von hier fortgehe, ohne daß mich jemand daran hindern kann. Ich will, daß du es siehst.*

Ja, dachte Kut-Ter bitter. *Das entspricht der Mentalität deines Volkes. Immer wollt ihr Anerkennung und Bewunderung. Wenn ihr sie nicht bekommt, werdet ihr krank vor unerfüllter Eitelkeit.* Er stockte einen Augenblick, dann brachen seine Gedanken wie ein Strom aus ihm heraus. *Weißt du, daß ich viele Angehörige deines Volkes getötet habe? Ich war es, der das Schiff zum Absturz brachte. Dabei starben mehrere hundert Laagor.*

Traysch schwieg. Auch von Seth kamen keine Impulse.

Was habe ich angerichtet? fragte sich Kut-Ter, ohne daran zu denken, seine Gedanken abzuschirmen.

Chaos! dachte er. *Jetzt bricht das Chaos herein. Traysch weiß nun alles.*

11.

Sie lagerten auf dem Hügel, in unmittelbarer Nähe des Raumschiffwracks. Nur fünfzig Meter von ihnen entfernt berührte der undurchdringliche Energieschirm den Boden und machte ein weiteres Abrücken von der Kuppel unmöglich.

Doch Nome Tschato beabsichtigte auch nicht, diesen Platz zu verlassen. Hier konnten die Spezialisten der LION nicht nur die Trümmer des fremden Schiffes untersuchen, der Hügel bildete auch einen geeigneten Beobachtungsplatz.

Die Nacht war bald vorüber, als Nome Tschato von Leutnant Vertrigg geweckt wurde. Am Horizont wurde es bereits heller.

Tschato richtete sich von der Decke auf. Vertrigg kauerte an seiner Seite.

»Ist es soweit?« raunte Tschato dem Leutnant zu.

Es war hell genug, um ihn erkennen zu lassen, daß Vertrigg den Kopf schüttelte.

»Noch immer hat niemand die Kuppel verlassen, Sir«, sagte Vertrigg. »Man könnte fast glauben, daß wir die LION umsonst geräumt haben.«

»Unsere Gegner scheinen ausgesprochen vorsichtig zu sein«, meinte Chefingenieur Bactas, der sich direkt neben Tschato niedergelassen hatte. »Ich nehme an, daß sie bei Tagesanbruch auftauchen.«

Tschato blickte zum Wrack hinüber, wo die von ihm zusammengestellte Suchmannschaft im Licht starker Scheinwerfer zwischen den Überresten des Schiffes herumwühlte.

Vertrigg schien seine Gedanken zu erraten, denn er sagte: »Die Männer haben noch nichts gefunden, Sir. Jedenfalls nicht das Skelett eines Tigers.«

Er schaltete seine eigene Lampe ein und leuchtete auf ein ausgebreitetes Segeltuch, auf dem einige fremdartig aussehende Knochen lagen.

»Das ist bisher alles, sagte der Offizier. »Diese gebleichten Gebeine gehörten jedoch zweifellos Wesen, die nicht auf der Erde geboren wurden.«

Der Lichtstrahl wanderte weiter, über einige halbverschmorte Metallteile hinweg.

»Fremde Maschinen, Sir«, erklärte Vertrigg. »Die Suchmannschaft trägt alles zusammen, was halbwegs interessant aussieht. Auf der Erde kann man es untersuchen und vielleicht manche Erkenntnisse daraus gewinnen.«

Tschato nickte langsam.

»Soll ich den Befehl zum Abbrechen der Suche geben?« fragte Vertrigg.

»Natürlich nicht«, sagte Tschato. »Es ist möglich, daß wir mehr finden, wenn die Sonne wieder aufgegangen ist. Nachricht von Rhodan?«

»Bisher nicht, Sir. Soll ich eine Verbindung zur Erde herstellen lassen?«

»Im Augenblick gibt es nichts, worüber wir berichten könnten«, sagte Tschato sarkastisch. Er stand auf und legte seine Decke zusammen. »In Ordnung, Leutnant. Sie können jetzt ein paar Stunden schlafen.«

»Diese verdammte Warterei«, knurrte Bactas empört. »Jetzt haben wir bereits seit vierzehn Stunden die LION verlassen, ohne daß etwas geschehen ist. Vielleicht sind Picot und die Kinder inzwischen längst tot.«

»Leiser!« zischte Tschato. »Wollen Sie, daß Heintman Ihre Worte hört?«

Bactas murmelte eine Entschuldigung. Er richtete sich auf; ein kleiner rundlicher Mann mit flinken Bewegungen.

»Vielleicht wissen unsere Gegner gar nicht, daß wir das Schiff für sie frei gemacht haben«, meinte er.

Tschato antwortete nicht. Es gab so viele Erklärungen für das Ausbleiben der Schiffbrüchigen, daß er es für sinnlos hielt, sich darüber Gedanken zu machen. Er war jedoch entschlossen, mit Gewalt in die Kuppel einzudringen, wenn im Laufe des kommenden Tages nichts geschah. Er war überzeugt, daß Rhodan diesen Plan unterstützten würde, wenn er davon erfuhr.

Picot hatte offenbar noch keine Möglichkeit gefunden, etwas für die Kinder zu tun. Vielleicht war auch irgend etwas schiefgegangen, und der alte Dan war getötet worden.

Bactas verschwand schimpfend in der Dunkelheit. Tschato hörte an den Geräuschen, daß die meisten Männer nicht schliefen. Sie hatten einige schwere Waffen in der Nähe des Lagers aufgestellt, um sich nötigenfalls verteidigen zu können. Außerdem trug jeder eine Handwaffe. Tschato hätte gern den Befehl zur Untersuchung eines der Roboter gegeben, die überall bewegungslos herumstanden, doch er befürchtete, daß dies zu Schwierigkeiten führen könnte. Im Augenblick mußten sie sich auf das Wrack beschränken.

Tschato schaltete seine Lampe ein und suchte sich einen Weg zwischen den am Boden liegenden Männern. Der Nachtwind strich über ihn hinweg. Die Schwerkraft der Tigerwelt betrug nur 0,73 Gravos, so daß Tschato sich ohne Anstrengung bewegen konnte.

Er ging weiter, bis er einige Verstrebungen des abgestürzten Raumschiffes erreichte, die als dunkle Silhouetten in die Höhe ragten. Er lehnte sich dagegen und versuchte, Einzelheiten in der Dunkelheit zu erkennen. Plötzlich hatte er Verlangen nach einer Zigarette, obwohl er schon jahrelang nicht mehr geraucht hatte.

Er wurde sich bewußt, wieviel er von seiner früheren Aktivität eingebüßt hatte. Noch vor fünf Jahren hätte ihn wahrscheinlich niemand aufhalten können, die Kuppel zu stürmen. Er hätte sich irgendeinen verrückten Plan ausgedacht und ihn bestimmt auch ausgeführt.

Der Löwe hat seine Krallen verloren, dachte er müde.

Es sind die Kinder, überlegte er. *Die ständige Sorge um sie hat mich verändert.*

Er wußte, daß er seine ursprünglichen Gewohnheiten auch dann nicht mehr annehmen würde, wenn er die Kinder in Sicherheit gebracht hatte. In seinem Innern war eine rätselhafte Wandlung vor sich gegangen. Tschato war nicht länger der Draufgänger, der kein Risiko scheute, sondern ein Mann, der seine Chancen gewissenhaft kalkulierte, bevor er handelte.

Gleichzeitig fühlte er, daß sich sein Verständnis für alle möglichen Dinge vergrößert hatte.

Er wanderte weiter in die Nacht hinein. Vor ihm kreisten die Scheinwerfer der Suchmannschaft. Er hörte, wie sich die Männer durch Zurufe verständigten.

Eine seltsame Beklemmung erfaßte Tschato. Der Nachtwind, der über den Hügel wehte, schien eine ungewisse Drohung mit sich zu bringen.

Der Kommandant der LION stemmte beide Hände in die Hüften.

Irgend etwas würde geschehen.

Bald. Wahrscheinlich nach Anbruch des neuen Tages. Tschato war es, als habe eine geheimnisvolle Spannung die ganze Welt erfaßt.

Picot erwachte mit heftigem Herzklopfen aus dem unruhigen Schlaf, in den er für kurze Zeit verfallen war. Er atmete auf, als er gleich darauf feststellte, daß er den ständigen Hypnoseimpulsen noch nicht zum Opfer gefallen war.

In der Nähe des mittleren Behälters waren die Roboter und der größte Teil der Kinder damit beschäftigt, irgend etwas zusammenzubauen, das Picot an ein Transportfahrzeug erinnerte. Die Kinder, neben denen er sich niedergelassen hatte, waren inzwischen zur Aufnahme der Arbeit gezwungen worden.

Ein einzelner Roboter stand zwei Meter von Picot entfernt, anscheinend war er als Wächter abgestellt.

Picot murmelte eine Verwünschung.

Die Eile, mit der die Roboter arbeiteten, deutete darauf

hin, daß die Wesen in den Behältern einen Entschluß gefaßt hatten. Picot fragte sich, wozu sie den Wagen benötigten. Soweit er es beurteilen konnte, wurde das Fahrzeug zum Transport eines größeren Gegenstandes benötigt, denn die Roboter schweißten Blechplatten zusammen, deren Gesamtfläche über das Fahrgestell hinausragte.

Picot wünschte, er hätte unter den unzähligen Maschinen wenigstens die Hypnosesender finden und zerstören können. Er erhob sich langsam. Sofort war sein Robot-Wächter neben ihm. Picot fühlte sich müde und zerschlagen. Seine Muskulatur war verkrampft.

Er spürte die Impulse der hypnotischen Sendung, die sich jedoch nicht gegen ihn konzentrierten. Unschlüssig stand er da und schaute den Robotern und den Kindern zu.

Er ließ seine Blicke zu den Behältern wandern. Da sah er, daß sich das tigerähnliche Wesen aufgerichtet hatte. Es stand schwankend auf seinem Lager. Einzelne Fellfetzen hingen von seinem Körper herunter. Ein Teil der Kabel hatte sich gelöst und schwebte in der trüben Flüssigkeit.

Picot hatte das sichere Gefühl, daß mit der Kreatur irgend etwas nicht in Ordnung war. Sie erinnerte ihn mehr denn je an einen Tiger. Vorsichtig, als sei es völlig entkräftet, bewegte sich das Wesen auf seinem Lager.

Da sah Picot den Schwanz. Den Schwanz des Tigers.

Der Tiger, oder was immer es war, kauerte sich zusammen, als wollte er zum Sprung ansetzen. Picot beobachtete, daß die Roboter, die am Wagen beschäftigt waren, ihre Arbeit unterbrachen und auf den Behälter zugingen, in dem sich der Tiger befand.

Picots Robot-Wächter setzte sich ebenfalls in Richtung auf den Tank in Bewegung.

Picot wartete nicht länger, sondern ergriff die Chance, die sich ihm bot. Er rannte auf den im Bau begriffenen Transporter zu und griff nach einer Eisenstange. Hart und schwer lag sie in seinen Händen. Die Kinder umringten ihn und wollten ihn aufhalten. Er stieß sie zur Seite.

Er sah, daß zwei der Roboter zurückkamen, um ihn aufzuhalten. Gleichzeitig verstärkte sich der hypnotische Druck in seinem Gehirn. Seine Hände begannen zu zittern, als er den Befehl erhielt, die Metallstange hinzulegen.

Er hielt sie fest und ging auf eine Maschine hinter dem Transporter zu. Die Kinder klammerten sich an seine Beine. Er mußte sie zurückstoßen. Die Roboter kletterten bereits über die halbfertige Pritsche des Wagens.

Picot fühlte die hypnotische Kraft noch stärker werden. Er biß in die Unterlippe, bis der Schmerz in aufschreien ließ. Da brachten ihn die Kinder zu Fall. Er kroch auf Händen und Knien weiter, das Eisen mit sich ziehend.

Dann waren die Roboter bei ihm.

Picot lehnte sich weit nach hinten und warf dabei sieben der Kinder um. Mit einem Ruck schleuderte er den Metallstab auf die noch fünf Meter von ihm entfernte Maschine.

Er hörte, wie etwas klirrend zerbrach. Da ergriffen ihn die Roboter und rissen ihn in die Höhe. Schmerz und hypnotische Impulse drohten ihn bewußtlos zu machen.

Er verdrehte den Kopf, so daß er zu den Behältern blicken konnte.

Das Wesen, das wie ein Tier aussah, hatte seine Vordertatzen auf den Behälterrand gelegt und streckte den Kopf ins Freie. Flüssigkeit tropfte von seinem Fell.

Mit verschleiertem Blick erkannte Picot, wie das Ungeheuer seinen Rachen aufriß.

Gleich darauf erscholl ein fürchterliches Gebrüll.

Picots Körper wurde schlaff. Bewußtlos hing er in den Metallklauen der Roboter.

Als Seth den Vorderkörper soweit hochgestemmt hatte, daß sie sich mit ihren Tatzen auf den oberen Behälterrand stützen konnte, durchströmte sie ein Gefühl neuer Kraft. Sie spürte, wie die letzten Kabel aus ihrem Körper rissen. Sie tauchte ihren Kopf aus der Nährflüssigkeit und begann zu atmen. Ein stechender Schmerz schien ihren Brustkorb zu zerreißen, doch er ließ sofort wieder nach.

Seth schüttelte den Schädel, und ihr verschwommener Blick klärte sich. Zum erstenmal seit man sie gewaltsam in diesen Behälter gebracht hatte, konnte sie das Innere der Kuppel vollständig überblicken.

Sie erkannte, daß die Roboter ihren Behälter umringt hatten. Nicht weit von ihr entfernt kämpfte der Erwachsene gegen die Kinder seines Volkes. Er hielt eine Metallstange in den Händen, mit der er offenbar auf eine der Maschinen losgehen wollte. Die Kinder wurden von den Hypnosesendern gezwungen, ihn daran zu hindern.

Seth begriff, daß es von nun an keine Verständigungsmöglichkeit zwischen ihr und Traysch oder Kut-Ter gab. Der telepathische Kontakt zu den beiden Wesen war im gleichen Augenblick abgerissen, als sich die letzten Kabel aus ihrem Körper gelöst hatten.

Zwei Roboter hatten den Erwachsenen eingeholt und hielten ihn fest. Seth erkannte, daß der Mann zu ihr herüberblickte.

Ich muß ihm helfen, dachte sie entschlossen.

Ihre Augen funkelten auf die wartenden Roboter hinab. Sie hob den Kopf und stieß ihr Kampfgebrüll aus.

Sie wußte, daß sie nicht lange am Leben bleiben konnte. Ihr Körper konnte außerhalb der Nährflüssigkeit nicht mehr existieren. Die ihr verbleibende Frist wollte sie jedoch nutzen.

Ihr Kopf fuhr herum. Sie sah eine Lücke in der Reihe der Roboter, die sie umstellt hatten

Sie konzentrierte sich auf den entscheidenden Sprung. Sie wußte, daß es schwierig sein würde, den Behälter endgültig zu verlassen. Für einen kurzen Augenblick würden ihre Vordertatzen ihr gesamtes Gewicht tragen müssen.

Seth stieß sich mit den Hinterbeinen ab und krallte sich gleichzeitig am Behälterrand fest. Ihre Hintertatzen prallten gegen die schlüpfrige Behälterwand und fanden keinen Halt. Verzweifelt zog sie sich in die Höhe.

Schließlich gelang es ihr, das Gewicht ihres Körpers so zu verlagern, daß sie nach vorn kippte. Der hintere Teil ihres Körpers rutschte nach. Sie spreizte die Krallen und stürzte kopfüber in die Tiefe. Noch im Fallen schnellte sie herum. Der Boden wurde dunkel von der an ihr herablaufenden Flüssigkeit.

Sie landete auf allen vieren, ihr Schwanz peitschte den Boden. Von allen Seiten rannten Roboter auf sie zu. Seth duckte sich zum Sprung. Im Augenblick fühlte sie keine Schmerzen.

Sie sprang den vordersten der Roboter unverhofft an. Unter der Wucht des Aufpralls taumelte die Maschine zurück. Seth war mit wenigen Sätzen durch die entstandene Lücke in der Kette der Roboter entkommen.

Sie hinterließ eine nasse Spur auf dem Boden. Die Roboter machten sich sofort an die Verfolgung.

Seths Ziel waren die Hypnosesender. Wenn es ihr gelang, diese Geräte zu zerstören, verlor Traysch die Gewalt über die Kinder. Ein heißer Strahl zischte über sie hinweg. Traysch setzte zum erstenmal seine Waffen ein.

Seth achtete darauf, daß die Roboter zwischen ihr und Trayschs Behälter waren. Das würde den Laagor zur Vorsicht zwingen. Traysch konnte es sich nicht erlauben, auf die Roboter zu schießen.

Seths Atem ging keuchend. Die Schmerzen kehrten zurück und wurden stärker. Vor ihren Augen bildeten sich undurchsichtige Nebel. Sie mußte sich beeilen. Die Reaktion ihres Körpers auf den plötzlichen Ausbruch setzte bereits ein.

Kut-Ters Geständnis, den Absturz des Forschungsschiffes verursacht zu haben, war für Traysch völlig unerwartet gekommen und hatte ihn für längere Zeit aktionsunfähig gemacht.

Nachdem ihn Seths Eröffnungen bereits verwirrt hatten, war Kut-Ters Behauptung ein fürchterlicher Schock gewesen. Am schlimmsten war das Bewußtsein für Traysch, daß Kut-Ters Tat nie gerächt werden konnte. Auch wenn er den Oneten tötete, war das eine viel zu geringe Strafe. Kut-Ter hatte seine normale Lebenserwartung bereits weit überschritten.

Hunderte von Oneten hätten für die Tat Kut-Ters büßen müssen.

Traysch wußte, daß er nie vergessen würde, was Kut-Ter getan hatte. Dieser dreitausendfache Mord war ihm unbegreiflich. Kut-Ter war zwar als verurteilter Verbrecher an Bord gegangen, doch das hätte niemand vermuten lassen, daß der Onete zu so etwas fähig war.

Und er, Traysch, hatte dafür gesorgt, daß Kut-Ter die ganze Zeit über am Leben geblieben war. Das erschien ihm wie bitterer Hohn. Er hatte einen Mörder von Angehörigen seines Volkes gerettet.

Gegenüber Kut-Ters Geständnis erschienen Seths Enthüllungen bedeutungslos.

Traysch vergaß fast seine Pläne bei dem Gedanken an Kut-Ters unglaubliche Tat.

Als sich Seth jedoch zum zweitenmal in ihrem Behälter aufrichtete, gewann er seine ruhige Überlegung zurück. Er durfte sich jetzt zu nichts hinreißen lassen, was die Ausführung seines Vorhabens gefährdete. Seth wollte den Entführten offenbar helfen.

Traysch beorderte die Roboter rings um Seths Behälter. Er wollte nicht riskieren, daß sie in blinder Wut eines der wichtigsten Geräte zerstörte. Traysch beobachtete, daß Seth ihren Vorderkörper aus dem Tank hob und den Kopf aus der Nährflüssigkeit brachte. Einen Augenblick hoffte der Laagor, daß Seth dabei sterben würde.

Da sah er, daß der Erwachsene mit einer Eisenstange auf die Maschinen losgehen wollte. Er zwang die Kinder, sich ihm in den Weg zu stellen und schickte zwei Roboter hinter ihm her.

Traysch erkannte, daß er Fehler machte. Er hätte den

großen Fremden nie ohne Bewachung inmitten der Kuppel zurücklassen dürfen. Er entließ Seth aus seiner Aufmerksamkeit und konzentrierte sich auf die Verfolgung des Erwachsenen. Es gelang ihm, ihn aufzuhalten, bevor er eine Maschine zerstören konnte.

Da stieß Seth ein Gebrüll aus, das Traysch an die Zeit erinnerte, bevor sie sich in die Behälter zurückgezogen hatten. Auch damals hatte Seth oft so gebrüllt.

Die Roboter, die den Fremden gepackt hatten, ließen ihn jetzt zu Boden sinken, wo er bewegungslos liegenblieb. Traysch stellte erleichtert fest, daß von dieser Seite im Augenblick keine Gefahr drohte.

Leg dich in den Behälter zurück, sendete er an Seth.

Er erhielt keine Antwort. Wahrscheinlich war die Verbindung zu ihr bereits abgerissen.

Er brachte seinen Kopf dicht an die Bildröhre, so daß er alles erkennen konnte, was in der Kuppel vorging. Er beobachtete, wie Seth sich über den Behälterrand schwang. Ihr monströser Körper hing einen Augenblick zusammengekrümmt in der Luft, dann landete sie sicher auf den Beinen.

Sofort beorderte Traysch einen Roboter in ihre Nähe. Er sah, wie Seth sich duckte und gleich darauf einen der Roboter ansprang. Traysch zuckte zusammen, als sei er persönlich getroffen worden.

Der Roboter brach zusammen. Traysch verlor die Kontrolle über ihn. Seth rannte in langen Sätzen davon.

Trayschs Hände rasten über die Anschlüsse. Er mußte das Ungeheuer aufhalten, bevor es zu spät war.

Er stellte die Zielautomatik einer Thermowaffe ein und gab einen Schuß ab. Seth rannte unverletzt weiter. Traysch erkannte, daß sie die verfolgenden Roboter als Deckung benutzte.

Was nun, Laagor? fragte Kut-Ter höhnisch. *Wie willst du sie aufhalten?*

Ich bringe dich um! sendete Traysch zurück.

Nur zu! forderte der Onete. *Inzwischen kann sich Seth ungehindert in der Kuppel bewegen.*

Traysch schaltete die Verbindung aus, um die Impulse des anderen nicht länger aufnehmen zu müssen.

Vier Robotern war es gelungen, Seth den Weg zu den Maschinen abzuschneiden.

Traysch stellte die Hypnosesender auf die größtmögliche Stärke und strahlte Befehlsimpulse an Seth aus. Er sah das Raubtier anhalten. Seth schwankte, ihr Kopf sank nach unten. Von allen Seiten kamen die Roboter auf sie zu.

Du entkommst mir nicht mehr, dachte Traysch grimmig.

Seth kroch langsam weiter, die Hypnosesendung schien sie völlig aus dem Gleichgewicht zu bringen. Traysch hätte jetzt auf sie schießen können, doch er sah, daß die Roboter gleich bei ihr sein würden.

Sobald Seth ausgeschaltet war, wollte er in aller Eile den Wagen fertigstellen lassen, mit dem er das Schiff der Fremden erreichen konnte.

Kut-Ter würde er zurücklassen. Der Onete würde einen qualvollen Tod erleiden, wenn die Maschinen nicht mehr an seinen Behälter angeschlossen waren.

Seth schien zusammenzubrechen, ihr Bauch schleifte fast auf dem Boden. Traysch triumphierte. Der Kreis der Roboter schloß sich immer enger.

Da geschah etwas völlig Unerwartetes. Der Erwachsene war zu sich gekommen und rannte auf Trayschs Behälter zu.

Kut-Ter spürte, daß Traysch die Verbindung zu ihm unterbrochen hatte. Er konnte also nicht mehr hoffen, etwas über die Pläne des Laagor zu erfahren. Jedenfalls schien Traysch nicht zu beabsichtigen, ihn gewaltsam zu töten. Sicher wollte er ihn zurücklassen, wenn es ihm gelungen war, den eigenen Behälter mit allen wichtigen Maschinen auf den Wagen verladen zu lassen.

Kut-Ter bedauerte, daß er nur undeutlich erkennen konnte, was sich in der Kuppel abspielte. Seth mußte aus ihrem

Behälter ausgebrochen sein. Sie war offenbar noch am Leben, denn die Roboter hatten die Arbeit am Wagen nicht wieder aufgenommen. Kut-Ter vermutete, daß sie damit beschäftigt waren, Seth zu jagen.

Vielleicht gelang es dem Monstrum, Trayschs Pläne gehörig durcheinanderzubringen.

Im Augenblick jedenfalls war Kut-Ter am wenigsten gefährdet. Er hatte sich auf seinen baldigen Tod vorbereitet, so daß alles, was jetzt noch geschah, ihm wie ein interessantes Schauspiel vorkam, an dem er unbeteiligter Zuschauer war.

Vor Kut-Ters Behälter hatten sich die Kinder versammelt. Sie standen noch immer unter dem Einfluß der Hypnose. Anscheinend erteilte ihnen Traysch im Augenblick keine Befehle, denn sie hockten ruhig am Boden.

Im Hintergrund glaubte Kut-Ter vorbeihuschende Schatten zu sehen, doch sie waren viel zu weit entfernt, als daß er sie hätte identifizieren können. Er fragte sich, wie es Seth fertigbrachte, solange gegen die Roboter zu bestehen. Außerdem hatte Traysch mindestens einmal auf die Ausbrecherin geschossen.

Da erschien eine Gestalt in Kut-Ters Sichtbereich. Es war der Erwachsene, von dem Kut-Ter nicht mehr geglaubt hatte, daß er noch am Leben war. Der Mann taumelte auf die Behälter zu.

Traysch wird ihn erschießen, dachte Kut-Ter gleichgültig.

Doch nichts geschah. Kut-Ter konnte sehen, wie der Fremde vor Trayschs Behälter stehenblieb. Die Kreatur bewegte ihren Mund. Dumpfe, kaum wahrnehmbare Töne des unteren Bereich drangen an Kut-Ters Gehör.

Traysch schoß und fehlte. Der Fremde warf sich zu Boden und rollte mit unglaublicher Behendigkeit seitwärts. Seine Kleidung hatte Feuer gefangen, doch er erstickte die Flammen, indem er sich herumwälzte. Der Boden vor ihm wurde glasig, als Traysch abermals schoß.

Kut-Ter blickte angeekelt weg. Das Töten mit der Waffe

war die primitivste Methode, die sich ein Onete vorstellen konnte.

Als Kut-Ter wieder aufblickte, war der Erwachsene bei den Kindern vor seinem Behälter. Er lag mitten unter ihnen, von seinen Kleidern stieg Qualm auf. Er lebte, und er hatte sich instinktiv einen sicheren Platz gesucht.

Du bist in Schwierigkeiten, sendete Kut-Ter an Traysch, obwohl dieser ihn nicht hören konnte. *Vorerst hast du keine Gelegenheit, den Wagen fertigzustellen.*

Der Erwachsene hielt zwei Kinder an sich geklammert, als wüßte er, daß ihm nun nichts mehr geschehen konnte.

Von irgendwoher drang Lärm an Kut-Ters Gehör. Die Nährflüssigkeit verhinderte, daß auch Töne des oberen Bereiches bis zu Kut-Ter durchdrangen. Offenbar waren die Roboter und Seth zusammengestoßen. Über den Ausgang dieser Auseinandersetzung konnte kein Zweifel bestehen.

Aber zum erstenmal wünschte Kut-Ter der verhaßten Bestie etwas Glück.

Die letzten Minuten hatte Dan Picot nur durch instinktives Handeln überlebt. Als er begriff, daß ihn das tigerähnliche Wesen nicht angreifen wollte, sondern ebenfalls von den Robotern gejagt wurde, hatte er sich noch einmal aufgerafft. Ohne einen bestimmten Plan zu haben, war er auf die Behälter losgegangen. Ohne Waffe war er jedoch machtlos, und er hatte seine Ohnmacht nur hinausschreien können.

Als ihn eine der Kreaturen unter Feuer genommen hatte, war sein Lebenswille wieder erwacht. Es war ihm gelungen, ohne größere Verletzungen bis zu den Kindern zu gelangen, wo er vorerst in Sicherheit war, denn die Roboter waren auch mit dem Tigerwesen beschäftigt.

Die Kreatur, die ihren Tank verlassen hatte, war mit einem mächtigen Sprung auf eine Maschine hinaufgeschnellt, als Picot schon geglaubt hatte, die Roboter hätten sie erreicht. Dort hockte sie und fauchte zu den Verfolgern hinab, die den

Apparat umstellt hatten und offenbar unschlüssig waren, was sie tun sollten.

Nach einer Weile blieben nur vier Roboter bei der Maschine zurück, die anderen wandten sich wieder ihrer Arbeit zu. Auch die Kinder standen auf und gingen an den Platz, wo der Wagen gebaut wurde.

Picot ließ die beiden Jungen, die er festgehalten hatte, ebenfalls gehen und zog sich so weit wie möglich von den Behältern zurück. Zwei Roboter folgten ihm, aber sie versuchten nicht, ihn zu ergreifen.

Die beiden Wesen in den Behältern wollten offensichtlich Zeit gewinnen, indem sie Picot und den Tiger kaltstellten. Picot schloß daraus, daß der Bau des Fahrzeugs bedeutungsvoll sein mußte.

Er blickte auf die andere Seite der Kuppel hinüber, wo das Tigerwesen zusammengekauert auf der Maschine hockte und unschlüssig auf seine vier Bewacher hinabstarrte.

Nur noch verschwommen fühlte Picot die Impulse der Hypnosesender. Intensiver Brandgeruch ging von seinen Kleidern aus.

Er hatte versucht etwas zu unternehmen, doch er war gescheitert. Fast wünschte er, Tschato würde versuchen, von draußen einzudringen, selbst auf die Gefahr hin, daß dabei einige Kinder den Tod fanden. Er allein war zu schwach, etwas für die Kinder zu tun. Und der Verbündete, den er durch seltsame Umstände gefunden hatte, war ebenso hilflos wie er.

Die Roboter arbeiteten wie besessen an dem Fahrzeug. Mit zusammengebissenen Zähnen beobachtete Picot, wie die Kinder schwere Bauteile heranschleppten. Der Wagen ging seiner Vollendung entgegen.

Picot nahm an, daß irgend etwas aus der Kuppel gebracht werden sollte.

Die Ladefläche, die die Roboter zusammengeschweißt hatten, war gerade groß genug, um einen Behälter aufnehmen zu können.

Das war es! Mit Hilfe des Fahrzeugs sollten ein oder zwei Behälter hinausgebracht werden. Wahrscheinlich an Bord der LION. Das Tigerwesen hatte sich dagegen aufgelehnt.

Picot kombinierte weiter. War es nicht möglich, daß nur ein Behälter zum Transport bestimmt war? Konnte er daraus schließen, daß entweder die Echse oder der spinnengliedrige Humanoide unter Umständen ebenfalls auf der Seite des Tigers stand?

Picot fuhr über sein von Bartstoppeln bedecktes Gesicht. Wenn er nur hätte herausfinden können, wer von den beiden Unbekannten die Roboter kontrollierte.

Er wußte zu wenig, um irgend etwas zu unternehmen. Vielleicht wartete einer der Fremden nur darauf, daß er ihm zu Hilfe kam. Es war durchaus vorstellbar, daß der Humanoide mit der LION fliegen und die beiden anderen zurücklassen wollte. Die gleichen Absichten konnte man aber auch der Echse unterstellen.

Picot sah, wie eines der Kinder, ein schmächtiges Mädchen, vor Schwäche zusammenbrach. Achtlos gingen die Roboter an ihr vorbei. Picot ballte die Hände zu Fäusten. Wenn nicht bald etwas geschieht, würden die Kinder nacheinander vor Entkräftung sterben. Wer immer sie unter hypnotischer Kontrolle hatte, ging jetzt rücksichtslos mit ihnen um, damit das Fahrzeug fertig wurde.

Das Brüllen des Tigers dröhnte wieder durch die Kuppel. Picot wandte müde den Kopf. Er sah, wie das monströse Wesen von der Maschine heruntersprang, über die ausgestreckten Klauen der Roboter hinweg.

Noch immer brüllend, überschlug sich der Tiger am Boden, kam aber sofort wieder auf die Beine. Die Roboter warfen sich über ihn, doch irgendwie schaffte es das Wesen, ihren Klauen zu entkommen. Mit voller Wucht seines Körpers warf es sich gegen die nächste Maschine, die klirrend nachgab. Mit glänzenden Augen sah Picot, wie die Apparatur in sich zusammenstürzte und den Tigerkörper unter sich begrub. Das Brüllen erstarb.

Fast gleichzeitig wich der hypnotische Druck in Picots Kopf.

Wie auf ein geheimes Kommando ließen die arbeitenden Kinder alle Gegenstände fallen und liefen schreiend auseinander.

Picot schloß die Augen.

Was für ein Tollhaus! dachte er.

Als er wieder aufschaute, sah er, daß die Roboter ihre Arbeit fortsetzten. Eines der Kinder rannte auf Picot zu und klammerte sich schluchzend an ihn. Picot strich beruhigend über den Kopf des Jungen.

Er nahm an, daß der Tiger die Hypnosegeräte zerstört hatte.

Die Kinder verkrochen sich in den hintersten Winkel der Kuppel. Als Picot sich in Bewegung setzte, folgten ihm die beiden Roboter, die ihn bereits die ganze Zeit beobachtet hatten.

Wer immer die Geschehnisse von seinem Behälter aus kontrollierte, hatte auch durch den Ausfall der Hypnosesender nicht die Übersicht verloren.

Zufällig blickte Picot zum Kuppeldach hinaus. Da sah er einen Schwarm von Hypnoseschiffchen herabsinken. Die Echse oder der Humanoide wollten die Kinder wieder unter Kontrolle bringen.

Picot nahm den Jungen an den Händen und setzte sich in Bewegung. Er steuerte auf die zerstörte Maschine zu, unter der das Tigerwesen lag.

Seths Atemzüge wurden schwächer. Sie fühlte den Druck der umgestürzten Maschine auf ihrem Körper. Es fehlte ihr die Kraft, unter den Trümmern hervorzukriechen. Sie hoffte, daß es ihr gelungen war, die Hypnosesendungen zu unterbrechen.

Ihre Gedanken eilten in die Vergangenheit zurück. Sie erinnerte sich, wie sie mit Bruuth in den Wäldern dieses Planeten gejagt hatte. Wie lange war es eigentlich her, daß ihr

Gefährte gestorben war? Hätte Bruuth sie jetzt sehen können, er hätte sie wahrscheinlich nicht erkannt. Er hätte auch nicht verstanden, was mit ihr geschehen war.

Seth atmete röchelnd. Sie war so schwach, daß es ihr nicht einmal gelang, die Beine zu bewegen.

Sie hörte, daß sich ihr jemand näherte. Aus den Augenwinkeln erkannte sie den Mann von ihrer Heimatwelt, der eines der Kinder mit sich zog.

Der Mann blieb unmittelbar vor ihr stehen.

Er sagte irgend etwas, was Seth nicht verstand. Das Kind versteckte sich hinter dem Mann, es fürchtete sich vor Seths Anblick. Sie schnurrte besänftigend.

Der Mann beugte sich herunter und packte Seth an den Ohren. Sie konnte ihren Kopf nicht zurückziehen – und sie wollte es auch nicht. Die Berührung war ihr angenehm, sie schien ihre Schmerzen auszulöschen. Der Unbekannte sprach mit leiser Stimme auf sei ein.

Seth begann zu träumen. Die reale Umgebung wich von ihr zurück, sie sah sich am Rand eines Dschungels in der Sonne liegen. Neben ihr lag Bruuth, den Kopf wachsam erhoben. Aus den Tiefen des Dschungels drang der Lärm der jagdbaren Tiere. Seths Ohren zuckten. Die Wärme der Sonnenstrahlen durchströmte ihren Körper. Sie fühlte eine wohlige Müdigkeit und schloß die Augen.

Seths verunstalteter Körper zuckte im Todeskampf.

Sie spürte nicht mehr, wie der Mann sie losließ und aufstand. Sie hörte auf zu atmen, ohne noch einmal aus ihrem Traum zu erwachen.

12.

Tschato beobachtete, wie Captain Walt Heintman durch die Trümmer des Wracks auf ihn zukam. In Heintmans Gesicht hatten sich tiefe Linien eingegraben, sein Mund war schmal.

Tschato schaute zur Kuppel hinüber. Der Ausgang blieb noch immer verschlossen. Vor zwei Stunden war die Sonne aufgegangen, und seit zwei Stunden warteten sie darauf, daß jemand aus der Kuppel kam, um an Bord der LION zu gehen.

Heintman blieb vor Tschato stehen.

»Lassen Sie mich versuchen, in die Kuppel einzudringen, Sir«, sagte er ohne Umschweife.

Tschato hatte mit einem derartigen Verlangen gerechnet. Seit Heintman wußte, daß sein Junge am Leben war, schien er nur darauf zu warten, daß Tschato ihm gestattete, etwas zu unternehmen.

»Wir müssen noch etwas warten, Walt!« sagte er ruhig.

Heintman hob einen großen Splitter vom Boden auf und drehte ihn nachdenklich zwischen den Fingern. Tschato hielt es für besser, nichts mehr zu sagen. Er versuchte sich vorzustellen, was in Heintman vorging, aber es gelang ihm nicht.

Tschato war zu sehr Einzelgänger, um etwas von der Verbundenheit eines Vaters zu seinem einzigen Sohn zu wissen. Er bedauerte, Heintman mit auf diese Welt gebracht zu haben.

Heintman schleuderte den Splitter davon und sagte leidenschaftlich: »Mit jeder Stunde, die verstreicht, vermindert sich die Wahrscheinlichkeit, daß die Kinder noch leben.«

»Und mit jedem Versuch, gewaltsam in die Kuppel einzudringen, verringert sich unsere Hoffnung, daß unsere Gegner die Kinder am Leben erhalten«, erwiderte Tschato.

Heintmans Augen verengten sich. Tschato fühlte, daß der Mann viel zu erschöpft war, um noch vernünftig denken zu können. Bevor er jedoch die Konsequenzen aus dieser Tatsache ziehen konnte, hatte Heintman bereits seinen Desintegrator aus dem Gürtel gezogen.

Er richtete ihn auf Tschatos Brust.

»Sie wissen nicht, was Sie da tun, Captain!« sagte Tschato beschwörend.

Heintman blickte sich gehetzt um. Niemand befand sich in unmittelbarer Nähe.

»Ich habe genug von Ihren Einwänden«, schnaubte Heintman. »Wir beide gehen jetzt zusammen zum Kuppeleingang. Wir wissen beide, wo er zu finden ist. Wenn uns jemand begegnet, werden Sie sich eine passende Erklärung ausdenken.«

Tschato starrte auf die Mündung der tödlichen Waffe.

»Stecken Sie das Ding weg, Captain«, sagte er ruhig. »Ich bin dann bereit, zu vergessen, daß Sie die Nerven verloren haben.«

Heintmans Lippen bebten. »Vorwärts, Tschato!« stieß er hervor.

Tschato wandte sich in seiner trägen Art herum, als wollte er sich in Bewegung setzen. Dann jedoch schlug er mit der flachen Hand nach hinten aus, viel zu schnell, als daß Heintman Zeit zu einer Reaktion hatte.

Tschatos Hand traf Heintmans Arm, der die Waffe hielt. Da landete der Kommandant der LION bereits den zweiten Schlag. Der Desintegrator entfiel Heintmans Hand.

Tschato hob ihn auf und schob ihn in den Gürtel.

»Meuterei und Anschlag auf das Leben eines Vorgesetzten«, sagte er scharf. »Wie klingt das in Ihren Ohren, Captain Heintman?«

»Wenn der Junge tot ist, können Sie mich damit nicht erschrecken«, murmelte Heintman.

Tschato blickte ihn aufmerksam an. »Ich versuche Sie zu verstehen, aber es fällt mir schwer. Natürlich werde ich diesen Zwischenfall nicht zur Meldung bringen. Bis wir in dieser Sache vorangekommen sind, muß ich Sie jedoch außer Gefecht setzen, Captain.«

Er führte Heintman zum Lager und ließ ihn dort von zwei Männern bewachen.

»Was ist mit ihm?« erkundigte sich Leutnant Vertrigg.

»Wenn wir nicht aufpassen, geht er allein in die Kuppel los«, erklärte Tschato.

Vertrigg warf einen Blick auf Tschatos Waffengürtel, wo sich jetzt zwei Waffen befanden.

»Offenbar hat er es schon versucht, Sir«, stellte er fest.

»Ich gestehe, daß ich ebenfalls unruhig zu werden beginne«, lenkte Tschato ab. »Man könnte fast glauben, daß das Interesse unserer Gegner an der LION merklich abgekühlt ist.«

»Glauben Sie, Sir?« fragte Vertrigg bedeutungsvoll und blickte an Tschato vorbei zur Kuppel.

Tschato drehte sich herum, so daß er ebenfalls über das Landefeld blicken konnte.

Die große Kuppeltür hatte sich geöffnet.

Traysch beglückwünschte sich, daß er schon beim Bau der Kuppel daran gedacht hatte, daß irgendwann einmal einer der Behälter transportiert werden mußte. So hatte er von Anfang an darauf geachtet, daß die Verbindungsleitungen zwischen den Tanks und den Maschinen nicht starr befestigt wurden. Die lebenswichtigen Verbindungen zwischen den Maschinen und den Behältern bestanden aus einem variablen Leitungssystem. Traysch war in der Lage, in kurzer Zeit alle Maschinen auf den fertigen Transporter verladen zu lassen, ohne daß dadurch eine Gefahr für ihn entstand.

Er hatte inzwischen mit Hilfe der Raumspione über den größten Teil der Kinder den Einfluß zurückgewonnen. Dem Erwachsenen war es gelungen, sich mit drei Kindern am anderen Ende der Kuppel zu verkriechen, doch Traysch konnte auf diese Arbeitskräfte jetzt verzichten. Die wieder unter seiner Kontrolle stehenden Kinder und die letzten Roboter genügten für alle weiteren Arbeiten.

Er achtete darauf, daß die Roboter bei dem Verladen der Maschinen vorsichtig ans Werk gingen. Er konnte nicht verhindern, daß ab und zu eine Verbindung unterbrochen wurde, doch das waren Schäden, die sofort wieder behoben werden konnten.

Da die Behälter dicht nebeneinander standen, war auch Kut-Ters Leben im Augenblick noch nicht gefährdet. Der Moment, da der Onete zum Sterben verurteilt war, würde kommen, wenn Trayschs Behälter auf dem Wagen stand und hinausgefahren wurde. Dann würde Traysch den Robotern befehlen, die Verbindung zu Kut-Ters Tank zu unterbrechen.

Traysch wußte, daß Seth nicht mehr am Leben war. Die Zerstörung der Hypnosesender war ein sinnloses Opfer gewesen. Der Laagor bedauerte, daß er nicht früher von Seths wahrer Herkunft erfahren hatte. Das hätte ihm ermöglicht, viel über die Welt zu lernen, von der die Kinder kamen.

Die Kinder waren dem Zusammenbruch nahe, eines lag bewußtlos vor den Behältern. Traysch konnte ihnen jedoch im Augenblick keine Schonung gönnen. Erst wenn das Schiff in den Weltraum gestartet war, konnte er sie ausruhen lassen.

Trotz der vielen Zwischenfälle gelang es Traysch verhältnismäßig leicht, seine Pläne auszuführen. Jetzt erwies es sich als Vorteil, daß er an alles gedacht hatte.

Seit der Stunde des Absturzes hatte er auf diesen Augenblick gewartet. Es war ein beinahe unglaublicher wissenschaftlicher Triumph, von dem möglichst schnell sein ganzes Volk erfahren mußte. Erfolg ohne Anerkennung war für einen Laagor sinnlos. Ohne Bewunderung ging ein Laagor seelisch zugrunde.

Traysch beobachtete, wie die Roboter die Thermosteuerung der Behälter auf den Wagen luden. Damit war auch das letzte der Geräte auf den Transporter gebracht worden.

Nun war Trayschs Behälter an der Reihe. Die Pritsche war

groß genug, um auch ihm noch Platz zu bieten. Traysch ahnte, daß ein schwieriges Manöver bevorstand. Er mußte sich dafür Zeit lassen, denn jedes überstürzte Handeln konnte das Verhängnis heraufbeschwören.

Die vordere Seite der Ladepritsche war mit den Maschinen beladen. Auf dem hinteren Teil sollte der Behälter stehen. Die Tanks lagerten auf je vier Sockeln, der Raum darunter war frei. Traysch hatte den Transporter so flach bauen lassen, daß ihn die Roboter unter den Behälter schieben konnten. Dann mußte die Hydraulik die Ladepritsche soweit anheben, daß der Tank sich von den Sockeln löste und nur auf dem Transporter lag.

Traysch gab den Robotern neue Befehle. Die Automaten lenkten den Wagen bereitwillig auf den Behälter zu. Traysch überwand seinen Haß auf den Oneten und schaltete die Verbindung zum Behälter Kut-Ters ein.

Kannst du erkennen, was nun geschieht? erkundigte er sich.

Du verläßt die Station, erwiderte Kut-Ter gelassen. Er schien die ganze Zeit nur darauf gewartet zu haben, daß Traysch sich meldete.

Ich begebe mich an Bord des fremden Raumschiffes und werde damit meine Heimatwelt erreichen, Onete, sendete Traysch. *Du dagegen wirst die Stätte deiner Geburt niemals wiedersehen. Du wirst hier sterben.*

Traysch starrte durch die Bildröhre. Er sah die Ladefläche hinter sich vorbeigleiten, zwischen den beiden vorderen Sockeln hindurch.

Erwartest du von mir Bewunderung? fragte Kut-Ter. *Ich kann dir nur Verachtung geben.*

Seth ist gestorben, antwortete Traysch heftig. *Sie wollte mich besiegen, doch ich war zu stark für sie. Auch du kannst mich nicht aufhalten.*

Deine Eitelkeit ist unerfüllt, läßt dich primitiv wirken, telepathierte Kut-Ter.

Traysch hörte ganz deutlich, wie der Transporter zum Stehen kam. Seine Hände verharrten einen Augenblick auf den

Anschlüssen, mit deren Hilfe er weitere Befehle an die Roboter senden konnte. Er wollte Kut-Ter irgendwie verletzen, ihm Angst vor dem Ende einjagen.

Wenn das Fahrzeug aus der Kuppel fährt, wird die Verbindung zwischen den Maschinen und deinem Behälter unterbrochen werden, teilte er dem Oneten mit. *Kannst du dir vorstellen, welchen grausamen Tod du erleiden wirst? Du wirst langsam ersticken, deine Organe werden allmählich ihre Arbeit einstellen.*

Als Kut-Ter antwortete, wirkten seine Gedankenimpulse gelassener denn je.

Ich bin ganz ruhig, erklärte er. *Ich liege hier und warte auf mein unvermeidliches Ende. Aber irgendwie hat sich mein Geist von meinem Körper gelöst, ich kann mich auf dem Lager kauern sehen.*

Wütend betätigte Traysch die Anschlüsse. Die Hydraulik schaltete sich ein. Er spürte, wie der Tank auf der Ladefläche aufsetzte.

Die Nährflüssigkeit geriet in Bewegung.

Traysch wartete einen Augenblick, dann gab er den Robotern den Befehl, das Fahrzeug in die Mitte der Kuppel zu steuern. Ohne Zwischenfall kamen sie dort an.

Traysch wußte, daß noch etwas zu tun war, bevor er sich hinausfahren ließ. Er schaltete den Energieschirm aus, der sich wie eine unsichtbare Glocke über die Station wölbte. Diese Maßnahme ließ sich nicht vermeiden, denn er wollte schließlich mit dem Schiff der Fremden starten.

Kannst du mich noch hören? fragte er Kut-Ter.

Der Onete antwortete nicht. Traysch gab den Befehl, den Eingang der Kuppel zu öffnen. Alle Kinder, die er mit Hilfe der Raumspione noch beeinflussen konnte, hockten auf dem freien Rand der Ladepritsche. Ein Roboter hob das bewußtlose Mädchen auf den Wagen.

Die Roboter werden jetzt die Leitungen zu deinem Tank unterbrechen, verkündete Traysch, ohne zu wissen, ob Kut-Ter noch lauschte. *Dein Ende ist gekommen.*

Der Transporter setzte sich langsam in Bewegung.

Kut-Ter konnte nicht länger warten. Traysch war im Begriff, die Kuppel zu verlassen. Sein Behälter stand bereits auf dem Fahrzeug, das die Roboter in aller Eile gebaut hatten. Kut-Ter bezweifelte nicht, daß Traysch jeden Augenblick die Leitungen unterbrechen lassen würde.

Kut-Ter wußte, daß er sein Ende nur verzögern konnte. Ebenso wie Seth oder Traysch konnte er nicht mehr lange außerhalb des Behälters leben. Sein Organismus hatte sich bereits zu sehr an die abnormale Lebensweise gewöhnt.

Immerhin konnte Kut-Ter es schaffen, ins Freie zu kommen und seine Schwingungsmembrane einzusetzen. Er, der Meisterhörer, wollte vor seinem Tod noch einmal sein zentrales Organ benutzen.

Kut-Ter betätigte die wenigen Schaltungen, die ihm zur Verfügung standen. Sein Lager hob ihn durch die Nährflüssigkeit dem oberen Behälterrand entgegen.

Kut-Ter richtete sich auf, ganz langsam nur, um nicht bei einer unbedachten Bewegung zu sterben. Sein Schädel tauchte aus der Nährflüssigkeit. Kut-Ter begann zu atmen. Zu seiner Überraschung, funktionierte das ausgezeichnet. Nichts deutete darauf hin, daß der lebenswichtige Sauerstoff seinem Körper lange Zeit nur mit Hilfe von Maschinen zugeführt worden war.

Kut-Ter zitterte vor Erregung. Hastig entfernte er die Kabel aus seinem Körper. Dann umklammerte er den Rand des Behälters und zog sich auf die Beine. Die Nährflüssigkeit reichte ihm jetzt noch bis zu den Knien. Nackt und frierend stand er da, ein dürres Wesen, dessen Bauch an einer Stelle unförmig aufgedunsen war. Dort saß die Schwingungsmembrane.

Es dauerte einige Zeit, bis Kut-Ter sehen konnte. Er beobachtete, wie die Roboter die Leitungen aus seinem Behälter rissen und achtlos zu Boden warfen.

Er war gerade im richtigen Augenblick aus der Flüssigkeit gekommen.

Kut-Ter wartete auf seinem Lager zur Vorderseite des

Tanks. Er hatte nicht erwartet, daß ihm das Gehen so leichtfallen würde. Die Schmerzen waren erträglich.

Kut-Ter ruhte sich aus, während er den Robotern dabei zusah, wie sie Trayschs Befehle ausführten.

Der Wagen stand inmitten der Kuppel, er würde bald losfahren.

Kut-Ter lauschte, aber der Lärm, den die Roboter verursachten, konnte seine Schwingungsmembrane nicht reizen. Wahrscheinlich mußte er die Kuppel verlassen, wenn er Töne des oberen Bereichs hören wollte.

Kut-Ter beugte sich nach vorn, um über den Rand des Behälters nach unten zu schauen. Ein leichtes Schwindelgefühl ergriff ihn. Er hütete sich, eine hastige Bewegung zu machen. Behutsam zog er sich zurück, bis er wieder aufrecht stand. Die Zirkulation seines Blutes funktionierte noch nicht richtig. Sein Kreislauf war gefährlich gestört.

Doch damit hatte er gerechnet. Diese körperlichen Schwächen würden nicht nachlassen, sondern zunehmen und schließlich seinen Tod herbeiführen. Kut-Ter wartete, bis der Schwindel nachließ, dann kletterte er mit zeitlupenhaften Bewegungen aus dem Tank.

Er war zu klein, um mit seinen Füßen den Boden erreichen zu können. Er hing einen Augenblick mit ausgestrecktem Körper da, während ihn die Frage beschäftigte, wie er das letzte Stück bis zum Boden durch einen Sprung überstehen würde.

Es blieb ihm keine andere Möglichkeit, als es auszuprobieren. Er konnte dabei sterben, oder einige Knochen brechen, die die Bewegung nicht mehr gewohnt waren. Es konnten so viele Dinge geschehen, daß Kut-Ter aufhörte darüber nachzudenken.

Er ließ sich gehen und konzentrierte sich darauf, den Aufprall abzumildern. Trotzdem ließ ihn der Schmerz ächzen, er glaubte, seinen Fersen würden in die Rückenwirbel getrieben; es war ein fürchterlicher, bohrender Schmerz, der bis in seinen Kopf hinaufreichte. Er verlor das Gleichgewicht und fiel gegen einen Sockel. Er hielt sich daran fest, preßte seinen heißen Körper gegen die kühle Metallfläche.

Sein Gesicht spiegelte sich in der polierten Fläche. Er erschrak vor seinem eigenen Aussehen. Die Konturen seines Gesichts hatten sich verwischt, er glaubte durch eine Milchglasscheibe auf einen Fremden zu blicken. Der Aufenthalt in der Nährflüssigkeit hatte seinem Gesicht jede Persönlichkeit genommen.

Er schluchzte leise und stieß sich vom Sockel ab. Über ihm begann die Nährflüssigkeit zu gurgeln und zu brodeln, als sei sie durch einen unbekannten Vorgang zum Kochen gebracht worden.

Der Onete entfernte sich vom Behälter. Er konnte sehen, wie die Roboter den Transportwagen umringten und wie dieser anfuhr. Über den Kindern, die auf dem hinteren Rand der Ladefläche hockten, schwebten die letzten Raumspione, in die Traysch Hypnosesender hatte einbauen lassen.

Kut-Ter glaubte nicht, daß Traysch ihn sehen konnte. Der Laagor war bestimmt vollauf damit beschäftigt, den Wagen sicher aus der Kuppel zu steuern.

Kut-Ter blieb stehen. Er wollte abwarten, bis sich das Fahrzeug aus der Kuppel entfernt hatte, bevor er selbst ins Freie hinausging. Da sah er, wie sich vom anderen Ende der Kuppel der fremde Erwachsene mit drei Kindern näherte.

Das Wesen bewegte sich vorsichtig, offenbar wollte es nicht entdeckt werden. Kut-Ter waren diese Kreaturen gleichgültig, seine ganze Aufmerksamkeit galt dem Wagen.

Der Onete war so klein und mager, daß ihn Picot und die Kinder erst entdeckten, als sie wenige Schritte vor ihm standen.

Dan Picot hatte die Kinder dazu bringen können, daß sie sich schweigend mit ihm verkrochen hatten. Dann, als er sicher sein konnte, daß niemand sie behelligte, hatte er seine drei kleinen Begleiter beruhigt. Zu seiner Überraschung waren zwei der Kinder gleich darauf vor Erschöpfung eingeschlafen.

Als der Wagen auf den noch geschlossenen Eingang zufuhr, hatte er sie wieder wecken müssen. Schnell hatte er ihre aufkommende Angst beschwichtigt.

»Kommt!« hatte er ihnen zugeflüstert. »Wir wollen versuchen, hinter dem Wagen hinauszukommen. Wir müssen aufpassen, daß wir nicht zu dicht an die kleinen Raumschiffe herangehen.«

Mit diesen Worten hatte er sie aus dem Versteck gezogen.

Unvermittelt tauchte vor ihnen das spinnengliedrige Wesen auf, von dem Picot geglaubt hatte, daß es noch in seinem Tank lag.

Entsetzt starrte er auf die dürre, schwarzhäutige Gestalt, die auf unsicheren Beinen vor ihnen stand. Zwei der Kinder drückten sich wimmernd gegen Picots Beine. Das dritte legte die Hände vor die Augen.

Es begann zu schreien.

Es war ein langgezogener Heulton, der fast im oberen Bereich lag. Kut-Ter spreizte seine Hände. Seine Schwingungsmembrane begann erwartungsvoll zu vibrieren. Die äußeren Wülste dehnten sich.

Er versuchte, dieses AHHHHHHH in seiner vollen Stärke aufzunehmen, doch als er es verstärkt ausstrahlen wollte, wurde es zu einem kümmerlichen *Arrrrgh!*

Kut-Ter machte einen Schritt auf die Gruppe der fremden Wesen zu. Er fühlte plötzlich, daß die Kinder in der Lage waren, schrille Töne auszustoßen, wie sie zur Verstärkung am besten geeignet waren.

Das Kind unmittelbar vor dem Oneten ließ seine Arme sinken. Seine Augen öffneten sich unnatürlich weit.

»Nein!« schrie es in äußerster Not.

Kut-Ters Schwingungsmembrane blähte sich auf, sie sog diesen schrillen Ton in sich auf.

Das Wort selbst war für den Oneten unverständlich und bedeutungslos. Es mochte ein Hilfeschrei oder der Ausdruck gesteigerten Entsetzens sein. Was für einen Menschen wie ein Aufschrei klang, war für Kut-Ter ein Ton in den oberen

Bereichen. Als das Kind seinen Mund bereits wieder geschlossen hatte, klang sein Aufschrei in Kut-Ter fort.

Neiiiiiiiiiiiiiiin! – Neiiiiiiiiiiiiiiin! - Neiiiiiiiiiiiiiiin!

Der Bauch des Oneten schwoll an, die Schwingungsmembrane pulsierte mit einer Heftigkeit, wie sie nur ein Meisterhörer zustande brachte. Die Körper der Fremden wogten vor Kut-Ters Augen auf und ab, sie wurden fast durchsichtig. Er steigerte sich in den Zustand erhöhter Schwingungsbereitschaft.

In der Ferne erschien ein heller Fleck, der sich rasch vergrößerte.

Der Eingang! schoß es durch Kut-Ters Gedanken. *Traysch hat den Eingang geöffnet.*

Jetzt besaß er eine Waffe, um den Laagor aufzuhalten. Kut-Ters Spinnenkörper wurde von inneren Krämpfen geschüttelt. Er preßte seine Händchen gegen den aufschwellenden Bauch, während die Schwingungsmembrane den aufgefangenen Ton am Leben erhielt.

Dann wurde der Aufschrei des Kindes zu einer fürchterlichen Waffe.

Nicht mehr hörbar für menschliche Ohren, strahlte Kut-Ter die vernichtenden Schwingungen aus. Fächerförmig, in nicht meßbarer Geschwindigkeit, griff Kut-Ter an. Ausgangspunkt war das *NEIN* eines erschreckten Kindes. Die Schwingungen, die Kut-Ter produzierte, erreichten eine bestimmte Stärke und ließen dann wieder nach.

Seine Membrane schleuderte das *NEIN* hinter Traysch her.

NEIN *NEIN*
NEIN NEIN
Nein Nein
n - e - i - n
Nein Nein
NEIN NEIN
NEIN *NEIN*

Irgend etwas zerbarst.

Kut-Ter schwankte an den Fremden vorbei, auf den Kuppelausgang zu. Um ihn herum schwollen die lang vermißten Töne zu einem wahnwitzigen Orkan an. Der Onete sah nichts mehr. Etwas trieb ihn mit unwiderstehlicher Gewalt voran.

Tschato starrte auf die Öffnung in der Kuppel und wartete darauf, daß sich jemand zeigen würde. Seine Hoffnung, daß es der alte Dan und die Kinder sein könnten, war gering. Immerhin schien die Zeit der Ungewißheit nun vorüber zu sein.

Der Energieschirm war vor wenigen Augenblicken zusammengebrochen. Die Männer hätten ungehindert fliehen können. Tschato dachte jedoch nicht daran, das Lager auf dem Hügel zu räumen. Er wollte sehen, wer die LION in Besitz nahm.

Hinter den aufgestellten Waffen lagen feuerbereit die Kanoniere, um jeden Angriff zurückzuschlagen. Tschato rechnete mit Schwierigkeiten. Die Gegner würden schnell feststellen, daß sie mit der LION nicht starten konnten. Es war fraglich, ob sie dann ein neues Ultimatum stellten.

»Sollen wir die Kampfroboter zum Kuppeleingang schicken, Sir?« erkundigte sich Leutnant Vertrigg.

Tschato schüttelte den Kopf. Er wollte nichts tun, was zu einem Mißverständnis führen konnte. Er fühlte sich verpflichtet, die Kinder lebend zu retten. Die Fremden hätten unter Umständen das Auftauchen von Kampfrobotern als Angriff gewertet.

Tschato hob ein Fernglas an die Augen und stellte es auf die Kuppel ein. Er konnte jedoch nur wenige Meter ins Innere blicken. Dort bewegte sich niemand.

Tschato ließ das Glas sinken. Worauf warteten die Unbekannten noch? Der Weg zur LION war für sie frei.

Da erschien in der Kuppelöffnung ein seltsames Gefährt.

Tschato erkannte einen flachen Wagen, der auf unzähligen Rollen über den Boden glitt. Auf seiner Ladefläche standen ein tonnenförmiger Behälter und mehrere Maschinen unbekannter Bauart. Rund um das Fahrzeug bewegte sich eine Gruppe von Robotern.

Als das Fahrzeug den Durchgang passiert hatte, sah Tschato, daß mindestens zwanzig Kinder auf dem hinteren Teil der Ladefläche hockten. Er riß das Glas hoch, um besser beobachten zu können. Er erkannte, daß über den Kindern einige Hypnoseschiffchen schwebten.

»Da kommen sie!« stieß er hervor.

Picot hatte von drei Behältern gesprochen. Tschato schloß daraus, daß dies der erste Transport war. Sobald dieser Behälter an Bord der LION untergebracht war, würden die beiden anderen folgen.

Tschato nahm das Glas von den Augen. Auf dem Hang wurde es ruhig. Gespannt blickten die Männer auf das Landefeld hinab. Tschato war froh, daß Heintman bewacht wurde. Der Anblick der Kinder hätte ihn wahrscheinlich zu einer weiteren unüberlegten Handlung veranlaßt.

Da brach der Wagen auseinander. Tschato hielt den Atem an. Das Fahrzeug zerfiel in unzählige Teile. Die Kinder fielen zu Boden und krochen davon. Die Maschinen krachten gegeneinander.

Der Behälter kippte zur Seite. Eine Woge trüber Flüssigkeit strömte daraus hervor.

Irgend etwas mußte den Wagen kristallisiert haben. Tschato hatte niemals zuvor etwas Ähnliches gesehen. Benommen blickte er auf das Bild der Zerstörung herab.

Er sah, wie sich unter den Trümmern etwas bewegte. Ein Wesen, das einer aufrecht gehenden Echse ähnelte, taumelte vom Fahrzeug hinweg. Es schien unschlüssig zu sein, was es tun sollte.

»Was geschieht da, Sir?« brachte Leutnant Vertrigg hervor, der unmittelbar neben Tschato stand.

Mit einer Handbewegung gebot ihm Tschato zu schweigen.

Er blickte wieder durch das Glas. Er sah, daß die Kinder ziellos umherliefen. Die Hypnoseschiffchen waren nicht mehr zu sehen. Tschato vermutete, daß sie abgestürzt waren. Die Roboter standen bewegungslos um den zerstörten Wagen.

Ich muß es riskieren, schoß es Tschato durch den Kopf.

Er rief zehn Männer zusammen und befahl ihnen, die Kinder zu holen, die auf dem Fahrzeug gesessen hatten. Die Raumfahrer starteten in einsatzbereiten Kampfanzügen. Sie flogen in zwei Metern Höhe über den Boden dahin.

Traysch starrte auf den zerbrochenen Behälter. Er beobachtete, wie die Nährflüssigkeit langsam im Boden versickerte. Die Maschinen bildeten ein nicht mehr zu entwirrendes Durcheinander.

Es ist aus, dachte Traysch.

Diesen plötzlichen Angriff Kut-Ters hatte er nicht vorhersehen können. Er hatte sich zu sehr darauf verlassen, daß es dem Oneten niemals gelingen würde, aus seinem Behälter zu entkommen. Bereits beim Umkippen des Behälters hatte Traysch gewußt, daß Kut-Ter seine Schwingungsmembrane eingesetzt hatte.

Mit dieser natürlichen Waffe konnte der Onete zwar kein organisches Leben direkt töten, aber er vermochte sie so einzusetzen, daß dem angegriffenen Wesen jede Lebensgrundlage entzogen wurde. Das hatte der Absturz des Schiffes bewiesen. Und der Angriff auf den Wagen war ein weiterer Beweis.

Traysch fragte sich, warum die fremden Raumfahrer noch mit einem Eingreifen zögerten. Jetzt hatten sie die beste Gelegenheit, ihre Kinder zu retten.

Traysch hielt es für den entscheidenden Fehler, daß er den Oneten unterschätzt hatte. Warum war er nicht entschlossen gegen ihn vorgegangen? Er hätte ihn jederzeit von den Robotern töten lassen können.

Traysch wandte sich um und starrte auf den dunklen Eingang. Ob Kut-Teer noch am Leben war? Es fiel dem Laagor schwer, seine Schritte zu kontrollieren. Er bewegte sich mit der Ungeschicklichkeit eines Laagor-Jungen. Ab und zu blieb er stehen und stützte sich auf seinen breiten Schwanz. Das Atmen machte ihm zu seinem Erstaunen keine Schwierigkeiten.

Er ging langsam auf die Kuppel zu. Sein letzter Wunsch war es, den Oneten tot am Boden liegen zu sehen. Traysch hörte die Kinder schreien, die dem hypnotischen Einfluß entkommen waren. Er blickte zurück und sah, daß die Fremden den Hang herunterkamen. Er konnte sie jetzt nicht mehr aufhalten. Als er den Eingang der Kuppel erreichte, konnte er sich kaum noch auf den Beinen halten. Seltsamerweise funktionierte sein Verstand mit erstaunlicher Schärfe. In diesem Zustand hätte er fehlerlose Pläne ausarbeiten können. Jetzt erkannte er mit voller Klarheit, daß sein Ende gekommen war.

Die Lichter im Innern der Kuppel waren ausgegangen. Traysch hatte Mühe, sich zu orientieren. Irgendwo vor ihm bewegte sich etwas.

Roboter können es nicht sein, dachte er. Die Automaten standen hilflos außerhalb der Kuppel.

Etwas kam auf Traysch zu, eine kleine, dürre Gestalt.

Es war Kut-Ter.

Er kann mich nicht töten, überlegte Traysch befriedigt. *Körperlich bin ich stärker als er.*

Dieser Gedanke gab ihm Kraft. Er änderte seine Richtung und steuerte auf den Oneten zu. Er dachte daran, daß sein Volk nie von seinen Leistungen erfahren würde, die er auf diesem Planeten vollbracht hatte. Das stachelte ihn noch mehr an. Bereitwillig schaltete er sein logisches Denken aus und gab sich einem maßlosen Haß hin.

Er hatte jetzt nur noch das Ziel, den Oneten zu töten.

Tschato ließ die Kinder sofort an Bord der LION bringen. Die meisten schliefen bereits in den Armen der Männer ein. Der Kommandant des Schlachtkreuzers ließ die Kuppel umzingeln. Drei Kinder und Dan Picot wurden noch vermißt.

Inzwischen wurden von Leutnant Vertrigg alle Vorbereitungen für einen Start der LION getroffen.

Zusammen mit Chefingenieur Bactas gelangte Tschato bei dem zerstörten Transporter an.

Bactas rümpfte die Nase. »Angenehm riecht es hier gerade nicht, Sir«, sagte er.

Tschato deutete auf den Behälter. Er fragte sich, wer die Zerstörung des Wagens herbeigeführt hatte. Er glaubte nicht daran, daß es das Werk Picots war.

Bactas schien sich ähnliche Gedanken zu machen, denn er bemerkte. »Man könnte annehmen, daß unsere Gegner sich nicht einig sind.«

»Picot sprach von drei Behältern«, erinnerte sich Tschato. »Zwei müssen also noch dort drinnen sein.«

Auf Bactas Stirn erschienen zwei steile Falten. »Vielleicht wollte die Echse sich selbständig machen«, vermutete er. »Dabei wurde sie von ihren erbosten Verbündeten aufgehalten.«

»Es gibt viele Möglichkeiten«, erwiderte Tschato knapp. »Die Wahrheit werden wir vielleicht nie erfahren.«

Sie durchsuchten die Trümmer, fanden aber weder Picot noch eines der drei fehlenden Kinder.

»Es wird uns keine andere Wahl bleiben, als in die Kuppel zu gehen«, stellte Bactas fest.

Tschato nickte dem Ingenieur zu. »In Ordnung«, sagte er. »Ich werde hineingehen.«

Bactas protestierte heftig. »Warum wollen Sie jetzt noch ein Risiko eingehen, Sir? Rufen Sie einige Männer hierher, die Sie begleiten können.«

»Das werden Sie erledigen«, ordnete Tschato an. »Lassen Sie einige Männer zum Kuppeleingang kommen.« Er klopfte auf sein Armbandfunkgerät. »Wir bleiben ständig miteinander in Verbindung. Sobald etwas passiert, benachrichtige ich Sie.«

Bactas strich nervös über seinen Bauch. »Seien Sie vorsichtig, Sir. Noch wissen wir nicht, was in der Kuppel vorgeht.«

Tschato zog den Desintegrator und setzte sich in Bewegung. Bactas blickte hinter ihm nach. Dann schaltete er sein eigenes Funkgerät ein, um Verstärkung anzufordern. Die Kuppel war jetzt vollkommen umstellt. Es war undenkbar, daß jemand aus ihr entkommen konnte.

Unruhig schaute sich Bactas um. Jedesmal, wenn sein Blick auf den zerstörten Wagen fiel, fragte er sich, ob die Unbekannten diese Waffe nicht gegen die LION einsetzen konnten.

Im Augenblick seiner Zerstörung hatte das Fahrzeug eine scharf umrissene Silhouette gegen den hellen Hintergrund des Kuppeleingangs gebildet, so daß Dan Picot alle Einzelheiten deutlich hatte erkennen können. Im ersten Augenblick hatte er geglaubt, daß der Wagen von der LION aus angegriffen wurde, doch dann hätten die Kinder den Beschuß nicht überlebt. Es schien ausschließlich der Transporter zu sein, der in sich zusammengefallen war. Er war buchstäblich kristallisiert.

Picot dachte nicht daran, den spinnengliedrigen Humanoiden dafür verantwortlich zu machen. Er wagte es jedoch nicht, sich mit den drei Kindern weiter dem Ausgang zu nähern. Er wollte warten, wie sich die Geschehnisse entwickelten.

Picot begriff nicht, was um ihn herum geschah. Er glaubte zwar zu wissen, daß die Echse der wahre Beherrscher der Kuppel war, doch er mußte diese Ansicht nach der Zerstörung des Wagens wieder ändern.

Picot war sich darüber im klaren, daß er zu wenig von den drei Wesen wußte, um herauszufinden, was sie eigentlich vorhatten. Er konnte die Regeln des Kampfes nicht verstehen, den sie offensichtlich untereinander austrugen.

Aber warum, so fragte sich Picot, fielen sie ausgerechnet jetzt übereinander her, da es ihnen gelungen ist, die Besatzung der LION auszuschalten?

Picot drängte die drei Kinder weiter in die Kuppel zurück.

Er hoffte, daß die Zerstörung des Fahrzeugs für Tschato das Signal zum Eingreifen bedeutete. Jetzt war der günstigste Augenblick gekommen, um die Kinder zu retten.

Picot war erleichtert, als er kurz darauf zwei Raumfahrer in Kampfanzügen vor der Kuppel vorbeifliegen sah. Die Männer der LION begannen also endlich zu handeln. Gleich darauf kam die Echse herein. Picot, der sich mit den Kindern bereits wieder in Richtung zum Ausgang in Bewegung gesetzt hatte, hielt abermals an. Die beiden Fremden versperrten den Weg ins Freie.

Picot vermochte die drei Kinder kaum zu beruhigen. Er befürchtete, daß sie alle einen schweren Schock erleiden würden. Er wünschte, sie hätten ihre Furcht hinausgeschrien, doch sie klammerten sich jetzt nur stumm an ihn, und er mußte sie jedesmal zum Weitergehen zwingen.

Picot ahnte, daß das Zusammentreffen der beiden Kreaturen weiteres Unheil heraufbeschwören würde. Als er jedoch Nome Tschato auftauchen sah, atmete er erleichtert auf. Er zog die Kinder mit sich.

»Hallo, Sir!« rief er krächzend. »Hier sind wir!«

Er wollte Tschato auf sich aufmerksam machen, denn bei der jetzt im Innern der Kuppel herrschenden Dunkelheit konnte ihn Tschato unmöglich sehen.

Die massige Gestalt des Afrikaners zeichnete sich deutlich in der Kuppelöffnung ab. Tschato hatte den Ruf gehört und war stehengeblieben.

»Kommt!« raunte Picot den Kindern zu.

Er wollte sie mit sich ziehen, als ihn ein eigenartiges Knistern zum Stehenbleiben veranlaßte. Das Geräusch kam vom Kuppeldach. Es hörte sich an, als ginge ein Schauer feiner Hagelkörner nieder. Picot fühlte, wie sich seine Nackenhaare sträubten.

Das Knistern wurde lauter. Es schien die gesamte Kuppel zu erfassen.

Undeutlich konnte Picot sehen, daß die Echse den Humanoiden erreicht hatte und nach ihm griff. Das dürre

Wesen versuchte auszuweichen, wurde jedoch an den zerbrechlichen Armen gepackt. Ein lautloses Ringen begann.

Das Knistern ging in ein Prasseln über.

Da entstand unmittelbar über Picot ein Riß im Dach, durch den Tageslicht hereinfiel.

Das Gebäude stürzt ein! dachte Picot entsetzt.

Kut-Ter hatte den Laagor erst erkannt, als dieser unmittelbar vor ihm stand und seine Arme nach ihm ausstreckte. Der Onete war viel zu schwach, um zu fliehen. Es war für ihn ein Schock, Traysch noch am Leben zu sehen. Er hatte damit gerechnet, daß der Laagor den Angriff auf den Wagen nicht überleben würde.

Kut Ter spürte, wie sich die Hände des Gegners um seine Arme schlossen. Verzweifelt versuchte er, sich frei zu machen. Noch pulsierte seine Schwingungsmembrane, und er ließ ihre vernichtenden Wellen gegen das Kuppeldach strahlen, um Traysch zum Rückzug zu bewegen.

Der Laagor stieß knurrende Töne aus. Er schien sich der Gefahr, die jetzt über ihm stand, überhaupt nicht bewußt zu sein. Allmählich zog er Kut-Ter immer dichter an sich heran.

Kut Ter konnte bereits den Lärm der brechenden Verstrebungen hören.

»Das Dach!« krächzte er. »Das Dach stürzt ein.« In seiner Verzweiflung bediente er sich der onetischen Sprache, so daß Traysch ihn nicht verstehen konnte.

Der Laagor griff fester zu und packte ihn an den Schultern.

Die schweren Stützbalken, die sich im Zentrum des Daches trafen, bröckelten auseinander. Ganze Teile des Daches stürzten herunter.

Traysch versetzte Kut-Ter einen Hieb, der ihn mehrere Meter zurückschleuderte. Der Onete überschlug sich und blieb wie betäubt liegen. Als er aufblickte, sah er Trayschs massigen Körper zum Ausgang taumeln.

Es gelang Kut-Ter, sich wieder aufzurichten. Neben ihm schlug eine schwere Metallplatte auf den Boden.

Die Kuppel war erfüllt von den Tönen des oberen Bereiches. Kut-Ter glaubte darin zu ertrinken, seine Membrane dehnte sich mehr und mehr, um diese Schwingungen noch zu verarbeiten. Ganze Teile des Daches zerbröckelten, als sie getroffen wurden.

Traysch verschwand unter einer Seitenwand, die über ihm zusammenbrach. Für einen kurzen Augenblick noch sah Kut-Ter einen Arm des Laagor aus den Trümmern ragen, dann wurde Traysch völlig begraben.

Die Kuppel wurde in ihren Grundfesten erschüttert. Sie dröhnte und ächzte, sie pfiff, schrie, wisperte und grollte. Kut-Ter empfing fast die gesamte Skala der Töne, die er wahrzunehmen imstande war.

Sein Bauch blähte sich auf wie ein Ballon. Er fiel zu Boden, während rings um ihn Rauch und Staub aufstiegen und die beiden Behälter unter dem Dach begraben wurden.

Er drohte zu ersticken.

Er war jetzt blind vom Qualm, der ihn einhüllte. Noch immer aber vermochte er diese Tonflut aufzunehmen und zu verstärken. Das Fassungsvermögen seines Organs schien unermeßlich zu sein.

Er ertrank förmlich in den anstürmenden Tönen, sie spülten seinen Verstand hinweg. Er begann zu wimmern, zu kreischen und kratzte mit seinen dürren Fingern den Boden auf.

Ein Eisenträger erschlug ihn. Noch einen Augenblick wurde sein Körper von der pulsierenden Membrane geschüttelt, dann kam er zur Ruhe. Nach kurzer Zeit lichteten sich die Staubwolken, und die Sonne schickte ihr Licht durch das zerstörte Dach auf den Boden der Kuppel.

Tschato versuchte, seine Blicke von dem Bild der Zerstörung abzuwenden, das die Kuppel bot. Im letzten Augenblick war es ihm gelungen, einen Weg ins Freie zu finden.

Picot und die drei Kinder waren jedoch noch in dem einstürzenden Gebäude. Mit müden Bewegungen klopfte Tschato den Staub von seinem Kampfanzug. Um ihn herum versammelten sich die Männer.

Er mußte sich dazu zwingen, sie nicht in dieses Chaos hineinzuschicken. Es mußte den Tod bedeuten, sich jetzt in das Gebäude hineinzuwagen.

Chefingenieur Bactas sprach zuerst wieder.

»Haben Sie den alten Dan gesehen, Sir?«

»Nein«, entgegnete Tschato. »Ich hörte ihn rufen. Er war jedoch zu weit vom Eingang entfernt, um sich rechtzeitig in Sicherheit zu bringen. Ich glaube, er hatte die drei Kinder bei sich.«

Bactas sagte irgend etwas, doch seine Worte wurden von Lärm übertönt, als ein weiterer Teil der Kuppel einstürzte. Der Schauplatz der Zerstörung war in eine dunkle Qualmwolke gehüllt.

»Sobald die Einsturzgefahr vorüber ist, werden wir mit allen verfügbaren Männern in die Trümmer vordringen«, kündigte Tschato an. »Vielleicht können wir noch jemand retten.«

Captain Heintman trat an seine Seite. »Ich melde mich freiwillig, schon jetzt mit der Suche zu beginnen, Sir. Mein Junge ist zwar an Bord der LION in Sicherheit, doch ich habe noch etwas in Ordnung zu bringen.«

Tschato lächelte schwach. »Ich denke, daß ich dem alten Dan auch einiges schuldig bin, Walt. Ich werde Sie begleiten. Bactas, Sie folgen mit den übrigen Männern, sobald keine Gefahr mehr besteht. Sagen Sie Leutnant Vertrigg, daß er das Schiffslazarett darauf vorbereiten soll, ein paar Verletzte aufzunehmen.«

Bactas nickte grimmig. Man sah ihm an, daß er Tschato und Heintman gern begleitet hätte.

»Wir fliegen über das eingestürzte Gebäude und suchen eine Stelle, wo wir landen können«, sagte Tschato zu Heintman.

Er schaltete das Flugaggregat seines Kampfanzuges ein. Nebeneinander schwebten sie in die Höhe.

»Wir müssen dicht nebeneinander bleiben, damit wir uns in der Rauchwolke nicht verlieren«, rief er Heintman zu.

Der Captain winkte bestätigend. Aus dieser Höhe konnte sich Tschato ein vollkommenes Bild der Zerstörung machen. Das gesamte Dach war eingestürzt. Ein Teil der Seitenwände war ins Kuppelinnere gefallen. Einzelne Verstrebungen ragten noch in die Höhe.

Durch die Rauchschwaden waren keine Einzelheiten am Boden zu erkennen. Tschato gab dem Captain einen Wink, und sie näherten sich der Mitte der Kuppel.

Plötzlich winkte Heintman aufgeregt. Tschato flog dicht neben ihn. Der Offizier deutete nach unten.

»Dort, Sir! Ein Behälter!«

Tschato entdeckte den zertrümmerten Tank zwischen einigen Metallplatten. Sie schwebten herunter und untersuchten die Umgebung des Behälters, ohne einen Verletzten zu finden.

In ihrer unmittelbaren Nähe rutschte ein Stapel Metallplatten zusammen. Es war immer noch gefährlich, sich zwischen den Trümmern zu bewegen. Trotzdem hielten sich Tschato und sein Begleiter jetzt dicht am Boden.

Etwas später entdeckten sie zwei Roboter, die den Einsturz verhältnismäßig gut überstanden zu haben schienen. Heintman warf Tschato einen fragenden Blick zu. Tschato schüttelte den Kopf. Er wollte jetzt möglichst schnell Picot und die Kinder finden. Um die Roboter oder die Fremden konnten sie sich später noch kümmern.

Da näherte sich ihnen aus den Rauchwolken ein dritter Mann im Kampfanzug. Tschato wußte sofort, wer der kleine dicke Raumfahrer war.

»Bactas!« rief er ärgerlich. »Sie sollten doch warten.«

»Bis die Gefahr vorüber ist, Sir«, erwiderte der Chefingenieur der LION ruhig. »Ich glaube nicht, daß noch etwas passiert. Die Männer dringen jetzt von allen Seiten in das Gebäude vor.«

Tschato war klug genug, um keine weiteren Einwände zu erheben. Er wollte, daß seine Männer selbständige Entscheidungen trafen. Wenn er anfing, sich darüber zu ärgern, würde er nur seine Autorität untergraben. Schließlich hatte er Bactas freigestellt, selbst zu entscheiden, wann die Einsturzgefahr vorüber war. Zu dritt kreisten sie über den Trümmern.

Bald tauchten unter ihnen die ersten Männer auf, die sich zu Fuß vorgearbeitet hatten. Sie wühlten mit ihren Werkzeugen in den Schuttbergen. Mit jeder Minute, die verstrich, wurde Tschato unruhiger. Sie hatten fast alles abgesucht, ohne eine Spur von Picot und den Kindern zu finden. Das konnte nur bedeuten, daß sie irgendwo verschüttet waren.

Kurz darauf knackte Tschatos Armbandfunkgerät. Er schaltete auf Empfang.

»Hier ist Korporal Dennward, Sir«, klang eine Stimme auf. »Ich glaube, wir haben etwas gefunden. Kommen Sie bitte in die Nähe des ehemaligen Eingangs.«

»Verstanden!« sagte Tschato. Er winkte den beiden anderen zu und beschleunigte. Sekunden später sah er unter sich eine Gruppe von Männern, die damit beschäftigt waren, Überreste einer eingestürzten Seitenwand abzuräumen.

Er landete zwischen den Raumfahrern und arbeitete sich zu Dennward durch.

Das Gesicht des Korporals war staubbedeckt. Er wirkte ungewöhnlich ernst.

»Nun?« erkundigte sich Tschato.

»Einer der Männer hörte den Hilfeschrei eines Kinder«, berichtete Dennward. »Er glaubt, daß der Ruf von hier kam.« Er hustete. »Vielleicht finden wir etwas unter den Trümmern.«

Tschato starrte auf den Berg von Stahlplatten, verbogenen Metallstreben und zerbröckeltem Beton. War es möglich, daß jemand, der unter diesem Trümmerhaufen begraben lag, noch lebte?

»Los!« feuerte er die Männer an. »Räumt alles zur Seite.«

Er half mit, die einzelnen Teile abzutragen. Die Arbeit wurde dadurch erschwert, daß sich verschiedene Verstrebungen ineinander verflochten hatten. Den Männern lief der Schweiß über die Gesichter.

Dann legten sie einen verschmutzten Körper in zerrissenen Kleidern frei.

»Halt!« rief Tschato.

Die Männer zogen sich zurück, während Tschato und Bactas sich zu der Gestalt hinabbeugten, die zwischen den Trümmern lag.

»Es ist der alte Dan«, murmelte Tschato tonlos. »Er liegt auf den drei Kindern.«

»Er hat versucht, sie mit seinem Körper zu decken«, erklärte Bactas. Seine Stimme veränderte sich. »Er war schon immer ein starrsinniger Narr, Sir.«

Eines der Kinder begann zu schreien. Tschato und Bactas zogen Picots leblosen Körper behutsam von den Kindern hinweg.

»Eine Art Höhle«, stellte der Chefingenieur fest. »Zwei der Kinder leben, das dritte ist entweder tot oder bewußtlos.«

Sie hoben die verschütteten Kinder heraus und übergaben sie den wartenden Männern. Tschato befahl, daß sie sofort zur LION geflogen wurden. Dann kümmerte er sich wieder um Dan Picot. Der Erste Offizier hatte eine tiefe Wunde auf dem Rücken davongetragen. Einer seiner Arme und beide Beine schienen gebrochen zu sein.

»Er ist noch am Leben, Sir«, erklärte Captain Heintman. »Sein Herz schlägt ganz langsam.«

Zwei Männer brachten eine Trage. Vorsichtig wurde Picot darauf niedergelegt.

»Wir fliegen ihn zur LION«, befahl Tschato.

Zusammen mit Heintman ergriff er die Trage, und sie

hoben sich vom Boden ab. Die Flugaggregate waren stark genug, um die zusätzliche Last zu bewältigen.

Vier Minuten später landeten sie in der Hangarschleuse des Schlachtkreuzers. Tschato warf nur einen kurzen Blick auf die Trage.

»Bringt ihn ins Lazarett!« befahl er. »Sobald ich in der Zentrale fertig bin, werde ich ebenfalls dorthin kommen.«

Weitere drei Minuten später erschien Nome Tschato in der Zentrale der LION, wo er bereits von Leutnant Vertrigg erwartet wurde.

»Soll die Suche abgebrochen werden, Sir?« erkundigte sich Vertrigg.

»Nein«, antwortete Tschato. »Vielleicht können wir einen der Fremden retten. Ich werde sofort einen Bericht an Rhodan geben und um weitere Anweisungen bitten.«

Während die Hyperfunkverbindung zur Erde hergestellt wurde, fragte Leutnant Vertrigg: »Was glauben Sie, hat die Kuppel zerstört, Sir?«

Tschato zuckte mit den Achseln. Er hatte sich im stillen bereits die gleiche Frage gestellt. Er glaubte nicht daran, daß Picot für den Einsturz des Gebäudes verantwortlich war. Entweder war ein Experiment der Fremden mißlungen, oder sie hatten sich gegenseitig vernichtet. Tschato glaubte, daß letzteres zutraf.

»Ihre Verbindung, Sir«, meldete der Cheffunker der LION. »Sie können mit dem Großadministrator persönlich sprechen.«

Tschato holte tief Luft. Es gab eine Menge zu berichten. Leider fehlten die Erklärungen für die Geschehnisse auf der Tigerwelt.

Der Oberstleutnant nahm vor der Funkanlage Platz.

Seine Gedanken weilten bei Dan Picot. Er sah müde aus, als er nach der Hauptschaltung griff und gleich darauf in seinem schleppenden Tonfall sagte: »Hier spricht der Kommandant der LION, Sir.«

Rhodan an Mercant:

Alle fünfundzwanzig Kinder leben. Nur der Gesundheitszustand eines der Jungen ist bedenklich. Außerdem wurde der Erste Offizier der LION, Dan Picot, schwer verletzt. Die Station der Fremden wurde durch geheimnisvolle Umstände zerstört.

Mercant an Rhodan:

Hat Tschato die zertrümmerte Kuppel gründlich untersuchen lassen?

Rhodan an Mercant:

Allerdings. Dabei entdeckte man drei Leichen. Bei einer handelte es sich einwandfrei um einen weiblichen Tiger. Der Zustand des Tieres läßt es als wahrscheinlich erscheinen, daß es lange Zeit künstlich am Leben erhalten wurde. Die Biologen werden die Aufgabe haben, den Körper gründlich zu untersuchen. Tschato behauptet, daß das Tier mit dem Tigerweibchen identisch ist, das vor achtzig Jahren von Mulford ausgesetzt wurde.

Mercant an Rhodan:

Eine recht kühne Vermutung, Sir. Auf jeden Fall scheint festzustehen, daß das Tier in einem von drei Behältern lag, die innerhalb der Kuppel untergebracht waren. Auch in den beiden anderen Tanks befanden sich Lebewesen.

Rhodan an Mercant:

Auch ihre Leichen wurden gefunden. Es handelt sich dabei um eine Echse und einen sehr kleinen und mageren Humanoiden. Wir hatten bisher noch nie mit diesen Völkern Kontakt. Tschato nimmt an, daß die beiden Wesen die einzigen Überlebenden jenes Riesenschiffes waren, dessen Wrack auf der Tigerwelt gefunden wurde. Um zu überleben, bauten sie aus den geretteten Schiffsteilen die Station.

Mercant an Rhodan:

Trotzdem bleiben viele Fragen offen, Sir. Warum lockten diese Wesen die fünfundzwanzig Kinder auf die Tigerwelt? Die winzigen Raumschiffe, die sie dazu benutzten, hätten sie ebenso in ihr Sonnensystem schicken können, um dort Hilfe anzufordern.

Rhodan an Mercant:

Ich halte es für möglich, daß dieses Raumschiff zu weit von sei-

nem Heimatsystem entfernt war, so daß die Hypnoseschiffchen keine Chance hatten, es jemals zu erreichen. Aus Tschatos Bericht geht hervor, daß die Unbekannten sich der LION bemächtigen wollten. Wahrscheinlich wollten sie versuchen, mit diesem Schiff ihre Heimat zu erreichen. Dann kam es zu dem noch immer ungeklärten Zwischenfall, bei dem sich die Fremden selbst vernichteten.

Mercant an Rhodan:

Tschato hat angeblich keinerlei Waffen in den Trümmern der Kuppel finden können.

Rhodan an Mercant:

Er erwähnte einige zerstörte Apparate, die man eventuell als Thermostrahler bezeichnen könnte.

Mercant an Rhodan:

Keine uns bekannte Thermowaffe wäre in der Lage, die Kuppel auf die Art und Weise zu zerstören, wie Tschato es uns schilderte. Denken Sie an den Wagen, Sir. Nach Tschatos Worten zerbröckelte er einfach, ohne daß den Kindern, die auf der Ladefläche saßen, etwas geschah. Es muß sich um eine unbekannte Waffe gehandelt haben.

Rhodan an Mercant:

Das ist durchaus möglich. Inzwischen sind zwei Forschungsschiffe mit Spezialisten an Bord zum Kramman-Sektor unterwegs. Die Wissenschaftler werden die Station einer gründlichen Untersuchung unterziehen. Ich bin überzeugt davon, daß sie einige interessante Entdeckungen machen werden. Tschato jedenfalls hat seinen Auftrag ausgeführt und die entführten Kinder gerettet. Die LION ist zur Erde unterwegs. Sie können die Eltern informieren, daß sie ihre Kinder in Kürze zurückbekommen werden.

Mercant an Rhodan:

Verschiedene Kinder haben einen schweren Schock erlitten. Diese außergewöhnlichen Ereignisse werden nicht spurlos an ihnen vorübergegangen sein.

Rhodan an Mercant:

Erfahrene Ärzte werden ihr seelisches Gleichgewicht bald wiederhergestellt haben. Vielleicht werden wir das eine oder andere der kräftigeren Kinder einem harmlosen Hypnoseverhör unterziehen, um auf diese Weise noch etwas über die Vorgänge auf der Tigerwelt zu erfahren.

Mercant an Rhodan:

Zum Glück blieben uns einige Roboter und die drei Raumschiffe der Fremden erhalten. Außerdem können wir das Wrack untersuchen lassen. Die Tigerwelt wird sich als eine Fundgrube für unsere Spezialisten erweisen.

Rhodan an Mercant:

Von der Katastrophe, die sich im Kramman-Sektor abgespielt hat, werden wir sicher nie etwas erfahren. Das Geheimnis der Kuppel wird wahrscheinlich ebenfalls nie gelöst werden, ebensowenig wie das des Tigerweibchens.

Mercant an Rhodan:

Die Galaktische Abwehr kann auf jeden Fall diese Sache als abgeschlossen betrachten.

Rhodan an Mercant:

Ich bin erleichtert, daß wir Ihre Agenten nicht einsetzen mußten, Allan. Tschato hat seinen Auftrag einwandfrei ausgeführt. Wir können ihm nichts nachsagen. Diesmal werden wir alle Offiziere der LION befördern können.

Mercant an Rhodan:

Ich muß Sie leider davon unterrichten, daß Oberstleutnant Tschato uns vor dem Start der LION verschwiegen hat, daß er sich im Besitz eines Hypnoseschiffchens befand. Die Ermittlungen, die unsere Abteilung inzwischen anstellte, haben ergeben, daß dieser kleine Flugkörper im Garten von Captain Heintmans Haus abgestürzt ist. Tschato ließ das kleine Raumschiff von Saari M'Nutter, der Ihnen sicher nicht unbekannt ist, untersuchen. M'Nutter gestand uns diesen Tatbestand sogar. Angeblich hat der alte Halunke in gutem Glauben gehandelt. Wir können ihm jedenfalls nichts anhaben. Tschato wußte also, daß Raumschiffe eines außerirdischen Volkes den Wach- und Ortungsring des Solaren Systems unbemerkt durchflogen hatten und ungehindert ihre Aufgabe auf der Erde durchführten. Der Oberstleutnant konnte nicht wissen, daß keine direkte Gefahr für die Erde bestand. Er ging ein unglaubliches Risiko ein, um die fünfundzwanzig Kinder zu retten.

Rhodan an Mercant:
Ich wünschte, Sie hätten mir das verschwiegen, Allan.
Mercant an Rhodan:
Tut mit leid, Sir, aber im offiziellen Bericht wäre es trotzdem erwähnt worden.
Rhodan an Mercant:
Das stimmt allerdings. Unter normalen Umständen müßten Tschato und seine Offiziere degradiert und bestraft werden. Ich glaube jedoch nicht, daß ich mich dazu entschließen kann. Wir werden ihm seine LION lassen, auch sein Patent als Oberstleutnant. Irgendwann wird er bestimmt einmal eine Aufgabe zu unserer vollen Zufriedenheit erledigen.
Mercant an Rhodan:
Es ist ein Risiko, solchen Männern die Kommandogewalt eines Schlachtkreuzers anzuvertrauen.
Rhodan an Mercant:
Darin gleiche ich Tschato. Ich bin immer bereit, ein Risiko einzugehen.

Teil eines Funkgesprächs zwischen
Perry Rhodan und Allan D. Mercant am 13. 7.2341

Nome Tschato betrat die kleine Krankenkabine des Bordlazaretts der LION und schickte die beiden Medo-Roboter hinaus, die man zu beiden Seiten von Dan Picot postiert hatte.

Dann ließ er sich am Rande des Bettes nieder. Picot hatte die Augen geöffnet und blickte dem Oberstleutnant mürrisch entgegen. Der größte Teil seines Körpers war bandagiert und geschient. Auf dem Tischchen neben dem Bett standen mehrere Medikamente.

»Die halbe Zeit meines Lebens verbringe ich in solchen Betten«, erklärte Picot aufgebracht. Sein faltiges Gesicht verzog sich. »Sollte ich eines Tages sterben, werden Sie sich meiner nur als halbe Mumie erinnern.«

Tschato schaute auf ihn herab. »Es scheint eine leichte Besserung in Ihrem Befinden eingetreten zu sein, Dan«, sagte er.

Picot versuchte sich aufzurichten, mußte aber dieses Unternehmen aufgeben.

»Als ich erwachte, hoffte ich einen Augenblick, irgendwo in den Trümmern der Kuppel zu liegen«, erklärte er. »Dann stellte ich jedoch fest, daß die Ärzte bereits von meinem Körper Besitz ergriffen hatten.« Picot wedelte mit seiner unverletzten Hand, als wollte er einige Fliegen von der Decke vertreiben. »Verstehen Sie, Sir? Diese Ärzte passen immer den richtigen Moment ab. Sie warten, bis der alte Dan bewußtlos ist und dann ... schnapp! Den Erfolg sehen Sie vor sich. Ich schwöre Ihnen, daß ich wieder auf den Beinen bin, bevor die Landestützen der LION terranischen Boden berühren.

»Das haben wir längst hinter uns, Dan«, versetzte Tschato ruhig.

Picot blinzelte verwirrt mit den Augen. »Aber ... was?« brachte er hervor.

»Wir haben die Kinder abgeliefert und sind mit einem neuen Auftrag in den Raum gestartet. Mit einer Sondergenehmigung durfte ich Sie mitnehmen.«

Picots Augen begannen zu glänzen.

»Neuer Auftrag, Sir?« Es schien ihm etwas einzufallen, denn der Ausdruck seiner Augen veränderte sich.

»Lassen Sie mich raten, Sir«, sagte er. »Bin ich jetzt Oberstleutnant, Major oder Marschall?«

»Sie sind *Leutnant* Dan Picot«, erwiderte Tschato lächelnd. »Und ich bin *Oberstleutnant* Nome Tschato.«

Picot schloß die Augen. »Das Hypnoseschiffchen«, seufzte er.

»Ja, Dan«, sagte Tschato einfach. »Diese Sache konnte man uns nicht vergessen.«

»Und was«, fragte der Erste Offizier der LION, »tun wir jetzt?«

»Wir haben einen akonischen Agenten an Bord«, informiert ihn Tschato.

Picot runzelte die Stirn. »Was ist mit ihm?«

»Wir werden ihn gegen einen unserer Agenten im Blauen System austauschen«, berichtete Tschato.

»Das kling nicht sehr verlockend, Sir«, meinte Picot.

Tschato saß auf dem Bettrand, als sei er eingeschlafen. Nur in seinen Augen leuchtete ein unheimliches Feuer.

»Das dachte ich mir auch, Dan«, gab er zu. »Deshalb habe ich den Burschen ein bißchen ausgefragt und erfahren, wo die Akonen ein großes Waffenlager errichtet haben. Wir werden einen kleinen Abstecher zu dieser Welt machen. Später können wir behaupten, daß uns ein Zufall dorthin geführt hat.«

Picot entlockte seinem faltigen Gesicht ein Lächeln. Er war lange genug an Bord der LION, um zu wissen, daß es sinnlos war, mit Tschato zu diskutieren. Niemand konnte den Löwen aufhalten, wenn er ein neues Abenteuer witterte.

HEYNE BÜCHER

Perry Rhodan

Die größte Science Fiction-Serie der Welt. Über eine Milliarde verkaufte Exemplare in Deutschland.

16/382

Außerdem erschienen:

Peter Griese
Die Elixiere von Chubbid
16/378

H.G. Francis
Sturm der neuen Zeit
16/379

Horst Hoffmann
Als die Kröten kamen
16/380

Hubert Haensel
Verlorenes Leben
16/381

Arndt Ellmer
Elohim II
16/383

Wilhelm Heyne Verlag
München